オージェ
サキと同じ
クラスの男の子。
友達思いで何事にも
一生懸命。
ミシャ
気配り上手で
優しいサキの
クラスメイト。
レオン
強くて頼れる
サキの先輩。
クロード公爵家の
次男。
サキ
不幸ばかりの前世を神様に
謝罪され、幼女として
異世界転生した。
桁外れな才能を持つものの、
コミュ障で人見知り。
アニエ
魔法学園の生徒。
学年一の魔法の実力者で、
勝気なしっかり者。
わけあってブルーム
公爵家の養子に
なった。
ネル
女神ナーティ様がくれた
サキのお付きの猫。
様々な魔法でサキを
サポートする。
ちなみに女の子。

ミシュリーヌ
謎に包まれた組織
リベリオンの幹部。
フランの両親とは
旧知の仲らしい。
フレル
アルベルト公爵家の
次期当主。
有能なイケメンで、
領民からの信望が
厚い。
キャロル
フレルの妻。活発な美人で、
厳しくも優しくサキ達を
見守る。可愛いものに
目がない。
アネット
フランの二つ下の妹。
サキが大好き。
背伸びしたがりで
おしゃまな性格。
フラン
アルベルト公爵家の子供。
爽やかで優しいが、
実はちょっと腹黒い
ところも…？
Characters
登場人物紹介

私――雨宮咲の人生は散々なものだった。

幼い頃は酒癖の悪い親に虐待され、学生時代にはイジメられ、社会人になったらセクハラ・パワハラの連続。そしてしまいには雷に撃たれて死ぬという酷すぎる幕引き……。

しかし、死んだはずの私の目の前に現れた女神ナーティ様が言うにはどうやらその不幸な人生は手違いだったらしい。ナーティ様にたくさん謝られた後、お詫びとして私はチート能力を与えられ、銀髪美少女サキ・アメミヤとして異世界に転生させてもらえることになった。

こうして異世界で始まった第二の人生は、家族の愛情に恵まれた、とても幸せなものだった。

身寄りのない私を養子候補として迎えてくれたのは王都エルトの貴族であるアルベルト公爵家。前世の経験から人を信じられなくなっていた私は、そこで温もりを知ったの。当主であるフレル様をパパ、その奥さんのキャロル様をママと呼ばせてもらっていて、二人の息子でクール系イケメンなフランや小さくてかわいい娘のアネットとも仲良し。たまにちょっと過保護かもしれないと思う時があるけど、すごく大切にされているってわかるんだ。

また、家族の後押しもあって私は魔法を学ぶためにフランやアネットとともに学園に通い始めた。

そこで、ブルーム公爵家の養子で炎魔法と風魔法を使いこなす赤髪の女の子アニエちゃん、実家が服屋を営んでいて青髪とメガネがトレードマークのミシャちゃん、ムードメーカーで強力な雷魔法が使える金髪の男の子オージェと仲良くなり、学園生活を謳歌している。

この前は学園の課外授業でアクアブルムっていうところに行ったんだけど、あの時はちょっと大変だったなぁ。暴走する巨大海洋生物クラーケンが現れて、それをみんなで倒したんだよね。でもそのお礼に、魔力を込めれば魔物を従魔として召還できるアクセサリーをもらったの。

そんな騒動からしばらくして、学園代表戦が行われた。

学園代表戦っていうのは王都エルトの魔法学園と、交友のあるバウアの魔法学園の優秀者を集めて模擬戦を行うイベントのこと。

その選手に選ばれた私は、同じく代表に選ばれたクロード公爵家次男のレオン先輩や他の先輩と代表戦に臨んだんだけど、そこに国家反逆組織リベリオンの邪魔が入った。でも、レオン先輩と一緒にリベリオンの幹部と戦ってなんとか退けることができた。とはいえリベリオンの目的や組織の規模など、まだまだわからないことだらけなんだよね。

不安なこともあるけれど、頼もしい家族や友達、先輩のおかげで、私は今日も幸せに生きています！

1　魔術師の理想の戦闘

学園代表戦が終わって二週間が経ち、学園は長期休暇、春休みに入った。

私が王都に来てからもう一年かぁ……なんだか感慨深いなぁ。

私は朝の日課であるネルとの魔法の修業を終え、お風呂に入って部屋でくつろいでいた。ネルはナーティ様からもらった特別な猫。色々なことを教えてくれる、頼れる家族だ。

「はぁ、それにしても最近は武術も魔法もマンネリ化してきちゃって……新鮮味がないよぉ」

『仕方ありません、サキ様はすでにネル流武術を自分のものにしていますので。魔法やスキルにしても、そう簡単に新しいものは作れません。サキ様の【習得の心得】は原理を理解しなくてはいけないのですから。そもそも魔力解放の会得が早すぎたのです……』

　私がベッドにごろんと横になりながら呟くと、ネルも自分のクッションの上でくつろぎながら、頭の中に直接話しかける魔法【思念伝達】で答えた。

　この世界には炎、水、風、雷、土、草、光、闇、空間、治癒、特殊の十一種類魔法属性があって、生まれつき魔法が得意だと言われている貴族ですら五、六種類しか使えない。だが、ナーティ様からチート能力を授けられた私は全種類の魔法が使えるのだ。

　また、魔法は繰り返し使用して経験を積むことでスキル化し発動過程を簡略化したり、オリジナルの魔法を生み出したりもできるんだけど……今ある魔法はもうだいぶ極めてしまっている。

　さらに、スキル化した魔法は強さや難しさによって第一から第十まであるナンバーズに分類され、どのランクの魔法も一度発動できればその後もずっと使えるようになるのだ。

　それだけでなく魔法の飛距離を伸ばす【ア】、速度を速くする【ベ】、効果時間を伸ばす【セ】、操作性を高める【デ】といったワーズや、魔法に複数の属性を付与するエンチャントなど、魔法を構成する要素は様々だ。

　これだけ色々な技を覚えられたのはやっぱり、習得の心得のおかげだろう。習得の心得は魔法や武術のスキル化を簡単にしてくれる常態スキル。常態スキルは無意識かつ恒常的に発動するスキルだ。

　ネルの持つ膨大な知識を活かし、数ある武術の型の中から私に合うものだけを組み合わせて作り上げた戦い方であるネル流武術や、体の魔力を増加させて、身体能力に加え、脳の機能を向上させる技、魔力解放も既にモノにしてしまっていた。

　そんなこんなで今はやれることがないから、完全に目標を見失っている状態なんだよね。

「うーん、それはそうなんだけどさぁ。レオン先輩は私の武術を自分の戦い方に組み込んでどんどん強くなっていっているのに私は成長できていないっていうか……」

　私は大きくため息をついた。脳裏に浮かんだのは学園でよく一緒に修業をしているレオン先輩のこと。

　先輩はネル流武術の型を教えた翌日には新しい技を生み出して私との修業で試してくるんだよね。

　それに比べて私は、現在ある武術スキルを磨くことと、使いどころや組み合わせなんかを考えることくらいしかできていない。

　新しい魔法に関するアイデアもないし。

　レオン先輩に置いていかれてるみたいで、なんか嫌だな……。

『……では、増やしてみますか？　新しい魔法』

「え？　できるの？」

　ネルの言葉を聞いて、私はがばっと起き上がった。

『はい。しかし、サキ様が思っているようなものではないかもしれませんが』

「それでもいいよ！　教えて！」

『では、庭へ行きましょう』

「うん！」

私はネルと一緒に、庭へ向かう。

朝の特訓が終わった後にお風呂に入っちゃったけど、そんなのは些細な問題だ。

新しい魔法にワクワクしながら私は庭に出た。

『サキ様、魔術師にとって最も理想的な戦闘とは何かわかりますか？』

ネルに急に聞かれて私は少し考え込む。今までの戦いを思い返しても『理想の戦闘』ができていたとは思えない。っていうかそもそも魔法使いの戦い方なんて十人十色なのに、たった一つの理想なんてあるのだろうか。

「うーん、すっごい魔法をどかーんって出して圧勝！　みたいな？」

私が身振り手振りを交えて伝えると、ネルに呆れたような顔をされた。

『魔術師としての最も理想的な戦闘、それは相手に気付かれない位置、もしくは相手が攻撃できない位置から強力な魔法を放つことです』

え？　それだけ？

いや、でも今までの戦闘を思い返してみよう。

リベリオンの幹部ミシュリーヌやグレゴワル、学園代表戦で戦ったロイさんも、最初は必ず距離のあるところから攻撃をしていた気がする。

『武術や剣術など、近距離においての戦闘ができないと、一対一の戦いでは不利になってしまいます。ですから私はサキ様に魔法と共に武術の訓練をしてきました。しかし、最近のサキ様はレオン様との訓練により武術にばかり目がいっています』

「う、それは……」

『張り合うのは良いことですが、もっと魔術師としてのスキルアップを目指して……』

図星を指されてたじろいでいるとネルがお説教を始めそうだったので、私は無理やり話を切る。

「じゃ、じゃあどうするの？　フランや代表戦で一緒に戦った時のリンダさんみたいに姿を隠すとか？」

『確かにあの二人の闇魔法、特にフラン様の召還従魔であるウィムによる【姿眩まし（クリアブラインド）】は魔術師の理想と言っても過言ではありません。姿を消して一方的に魔法を撃（う）てるわけですから』

「なるほど。でも、私の従魔のクマミは闇魔法を使えないし……」

『はい、ですからサキ様には別の方法を使ってもらいます』

「別の方法？　何するの？」

ネルは一拍おいて、私を見つめながら告げる。

『空を飛ぶのです』

「へ？」

私はあまりにも唐突な内容に変な声を出してしまった。

『今からサキ様に覚えていただく魔法は、【空中浮遊（くうちゅうふゆう）】。つまり空を飛ぶ魔法です』

空を飛ぶって、鳥みたいに？　何それ、そんなことが可能なの？

いや、でも空を飛べれば、ネルの言っていた魔術師の理想に近づける。

それに、空を飛ぶなんて楽しそう！

『サキ様。今、空を飛べたら楽しそうとか考えてませんでしたか？』

「え⁉　そ、そんなことないよ！　それより、早くやり方を教えてよ！」

またもネルに図星を指されたので話題を変える。

『……一口に空中浮遊と言っても様々なアプローチがあります。空を飛ぶという結果は変わりませんが、その方法によって原理は大きく変わるのです』

「飛ぶなら一緒じゃないの？」

『まったくと言っていいほど違いますよ。例えばサキ様は先ほど、空を飛ぶという言葉を聞いて、何を想像されましたか？』

「うーん……鳥かな。あとは蝶々とか？」

『では、鳥のように飛んでみましょう』

「え？　でも、私に翼なんてないし……」

『魔法で翼を作るのです。どの属性かはサキ様のイメージにお任せいたします』

「えぇ？　うーん、とにかくやってみるね……」

翼……イメージできるのは天使みたいな白い羽だけど、どの属性かと言われると難しい……。

やっぱり風の属性なんかいいんじゃないかな？

「第五（クイル）ウィンド」

天使の羽みたいな翼を風魔法で背中に作るイメージ……。

すると、背中に風（ウィンド）属性の魔力でできた白い翼が生えた。

なんかほんのちょっと体が軽くなった気がする！　意外と上手くできたかも！

「やあ」

「サキー」

「お姉さまー」

私が試しに翼をパタパタとさせていると、フラン、アニエちゃん、アネットが庭に出てきた。

アニエちゃんは今だけアルベルト家で生活しているんだ。

というのも、彼女が養子として身を寄せているブルーム前当主のベルニエ家は、実子であるアンドレが違法な薬を使ってしまったことが問題になって公爵家から降格させられてしまったの。そのゴタゴタにアニエちゃんが巻き込まれないよう、パパがアルベルト家に一時的に引き取ったのだ。

「お姉さま、おはようございます。その翼は？」

「サキ、もしかして空を飛ぶ魔法を覚えようとしてるなんて言わないわよね……？」

アネットとアニエちゃんが尋ねてくる。

「うん、そうだよ。ネルがやってみる？　って言うから……」

「はぁ……あのねサキ、空を飛ぶ魔法は世界中の魔術師が知恵を絞っても成しえていない、魔術（まじゅつ）難問（なんもん）の一つなのよ？」

「魔術難問？」

初めて聞く言葉だ。まぁ、なんとなくわかるけど。

フランが説明してくれる。

「魔術難問っていうのは発動したくても、何かしらの欠陥があって魔法として成立しない魔法のことを言うんだ。例えば、サキがやろうとしている空を飛ぶ、つまり空中浮遊の魔法なんかがそれに当てはまるね」

そうなの？　意外と簡単そうなんだけど。だって実際、翼は作れたし。

後はこれをパタパタ一って動かし続ければいいだけでしょ？

「空中浮遊の定義は『一時間以上空中に留まること』だからね。学園対抗戦でラロック先輩は風魔法で空中を動き回っていたけど、あれを一時間続けるのは難しいだろうね」

さらに詳しく教えてくれるフランに、私は頷く。

「とりあえずやってみる……」

イメージはこの翼を鳥さんみたいに……。

私は風属性の翼をバサッバサッと大きく羽ばたかせてみる。

体がさらに軽くなったような？

それから私は膝を曲げて、大きくジャンプした。

「わ、わわわ……」

翼を動かしていると、私の体は五十センチほど浮かび上がる。

でも、体が安定しないから手足が少しバタバタしちゃう……。

「ま、まさかほんとにできちゃうの？」

「いくらサキでも魔術難問はさすがに……」

「お姉さま、飛んでますわ！」

アニエちゃんとフランは信じられないものを見たような表情をし、アネットは目を輝かせている。

でも、これなら一時間くらい……うっ。

そこで、なぜだか急に気持ち悪くなって集中力が保てなくなってしまう。翼が消えて地面に落ちてしまった私を心配して、三人が駆け寄ってくる。

「お姉さま!?」

「サキ！」

私は戻しそうになり、片手で口を押さえながら下を向いた。

「うぅ、気持ち悪い……」

『このように翼で飛ぼうとすると体が何度も揺れるので、気分が悪くなってしまう人もいるのです』

冷静に解説するネルを、私はジトーと見つめた。

そういうことは早く言って！

その後、私はアニエちゃんに肩を貸してもらってなんとか自室に戻ることができた。

「サキ、大丈夫？」

「うん、だいぶ楽になったよ」

心配そうに尋ねてくるアニエちゃんに、私は答えた。

ベッドでしばらく横になっていたので、かなり楽になった。なんとか笑顔を作ると、アニエちゃんは大きなため息をつく。

「まったく……いつも無茶ばかりして」

その時、扉がノックされてパパの声が聞こえてくる。

「サキ、ちょっといいかな」

「はい」

部屋に入ってきたパパはアニエちゃんを見て言う。

「アニエもいたのか。お邪魔だったかな？」

「いえ、大丈夫です。私はもう魔法の練習に行くので」

「そうか、すまないね」

「それじゃあ、失礼します」

アニエちゃんが部屋を出ていった後、パパは彼女が座っていた椅子に腰を下ろす。

「サキ、体調でも悪いのかい？」

「えっと、魔法で翼を作って空を飛ぼうとしたら、気持ち悪くなっちゃって……」

「翼？　空を飛ぶ？　あはは！　そうか、魔術難問を解こうとしたのか！」

私の話を聞いて、パパは楽しそうに笑った。

「懐かしいな。僕たちも昔、空中浮遊の魔術難問を解こうとしたんだ。僕とキャロルとミシュでね。風魔法を使える僕が二人に迫られて挑戦してみたんだけど、僕も気持ち悪くなって五分と持たなかったよ」

昔を思い出したのか、パパは苦笑して言った。

そういえば、ミシュ——私が戦ったリベリオンの幹部のミシュリーヌとパパたちはもともと仲良しな同級生だったんだよね。

「私は一分もできなかった……」

「サキはまだいい方さ。気持ち悪くなったら友達がベッドまで運んでくれるんだからね」

「……？　パパは？」

「二人にもう少し頑張りなさいよ！　情けないわね、って言われながら蹴られたよ」

ママとミシュリーヌ、公爵子息に何してるの⁉

驚いている私を見て、パパはまた笑った。しかし、すぐに真剣な表情を浮かべて尋ねてくる。

「サキ、今の生活は楽しいかい？」

「え？　うん、みんな優しくて……楽しいよ」

「それはよかった。サキ、今から話すことはとても大事なことだ。だからこそ、サキの意思で判断してもらって構わない」

パパはさらに続ける。

「サキ、実は今、いろんな侯爵家が君のことを探っているという情報が入っているんだ。おそらく、君を自分の家の養子にするためにね」

「え？」

「ブルーム家が問題を起こして降格させられたために、今その分の公爵の枠が空いているだろう？　一つ格下の侯爵家はその枠を狙って動いている。基本的に高い爵位には、保有する戦力や国に対する貢献度が大きい家から順についていくもの。そこで目をつけられたのがサキ、君だ」

「私？」

「そう、ここ最近のサキの国に対する貢献は、正直言って僕の想像を超えるほどのすごいものだ。もちろん、僕は報告を聞くたびに誇らしい気持ちだった。でも、その働きは他の貴族にまで広まってしまった……仮にどこかの侯爵家が君を養子にできたなら、その家は公爵に一歩近づくと言えるほどにね」

「……」

そうか、私は気が付かないうちにこの国に影響を及ぼしていたんだ……。

「パパ、私のせいで迷惑をかけてしまってごめんなさい……」

「サキ、君はこんな時まで僕のことを心配しているんだね。君は賢く、優しい子だ」

そう言ってパパは私を抱きしめる。

「僕は君を守りたい。だからサキ、僕の娘になってくれるかい？」

私はまだ正式にアルベルト家の養子になっていない。

パパからすれば今の私は一年前の私よりも面倒な存在になっているだろう。

それでもパパは私に、「家族になろう」と言ってくれているんだ。

一緒に過ごしてきた今なら、パパを心から信じられるよ。でも、だからこそ聞かなきゃいけないことがある。

「パパ……私を森から連れてきた責任を果たさなきゃいけないって、考えてない？」

「そんなこと考えるものか。僕は君を屋敷に迎えた時から、フランやアネットと同じ、自分の子供のように思っている。だが結果、君を政治の道具のように扱う輩に狙われることになった。そんなことは絶対に許さない。絶対に……」

私を抱きしめるパパの手に込められた力が強くなる。

こんなにも優しい人に拾われて、私は幸せ者だなぁ……。

私はパパの体から少し離れて、彼の顔を見つめた。

「どうか私を娘にしてください……パパ」

「サキ！」

一年前は戸惑いが大きかったけど、今は違う。私は微笑んで返事をすることができた。

パパは再び、私を抱きしめる。

家族になることに大きな心配はない。今回のパパの言葉を聞いたことで、私はよりアルベルト家の一員になりたいと思えた。

将来、貴族家として公務に就けるような人間になれるかはわからないけど、この人の家族でいられることは、本当に光栄で幸せなことだと思うから……。

2　アニエの目的

私がアルベルト公爵家の養子になると決めた次の日の夜。

「それではみんな、今日は盛大に盛り上がってくれ。乾杯！」

「「「かんぱーい！」」」

パパの音頭でみんな手に持っていたグラスを掲げ、拍手をした。

今日はお屋敷の関係者だけで、パパの家督継承のお祝い会が開かれている。

いつも私が魔法の練習をしている広い庭には机が並び、美味しそうな料理や飲み物がいっぱい載せられていた。

普段はキリッとしている警備の兵士さんも、忙しいメイドさんも、今日は一緒に飲んだり食べたりしている。

アニエちゃんに聞いたけど、他の公爵家はこんな賑やかにお祝いをすることはないそうだ。

一週間後、王様の前で行われる公爵家家督継承の儀を以て、パパは正式にアルベルト家当主として公務にあたることになる。

そして、その後に私はパパの養子として、正式にアルベルト家に迎え入れられる。

昨日の話を聞いて、この人の娘になれるなら頑張れる……そう思ったけど、養子になって変わることもあるのだろうか。

少しだけ不安になってきた……。

「何浮かない顔してるの」

両手に飲み物を持ったアニエちゃんが歩いてきて、私の隣に座った。

「飲み物持ってきたわよ。オラジとプーグレ、どっちがいい？」

アニエちゃんはそう言って、手に持っている飲み物を私に差し出してきた。オラジがみかん、プーグレがぶどうだ。私はお礼を言いながらオラジのジュースを受け取る。

「養子になるのが不安？」

「え？」

アニエちゃんに考えていることを当てられてドキッとする。

まさかアニエちゃんは相手の考えを読める魔法を……。

「サキ、今私が魔法で考えを読んだんじゃないかって思ったでしょ？」

「えぇ!?」

やっぱり魔法だよ！　全部バレてるもん！

「ふふふ、そんな魔法使えるわけないでしょ。相手の思考を読む……【超高度読心術】は空中浮遊に並ぶ魔術難問よ」

「そ、そうなんだ……。じゃあ、なんでわかったの？」

「私と同じ顔をしてたから……かな」

「え？」

「ほら、私も養子の身でしょ？　ブルーム家の養子になるって決まって、さぁ明日からは立派なお屋敷で暮らすんだ！　って日の夜に、自分の顔を鏡で見てびっくりしたわ。お化け⁉　って思うくらい顔は真っ白。表情も暗いし、こんな私が公爵家でやっていけるのかなぁって不安だった」

そう言って苦笑するアニエちゃんに、私は尋ねる。

「ねぇ、アニエちゃん。一つ聞いてもいい？」

「何？」

「どうして公爵家の……ブルーム家の養子になる話を受けたの？」

アニエちゃんはブルーム家であまりいい扱いを受けていなかった。それなのになんでアニエちゃんは公爵家の養子の話を受けたんだろうってずっと気になっていたのだ。

養子になるためには本人と親の同意が必要だ。

だから、アニエちゃんは自分の意思で養子になっているはずなんだけど。

アニエちゃんは真面目な顔になって言う。

「……聞いちゃったら、私のこと嫌いになるかもよ？」

「ならない」

そんなわけない。これだけは自信がある。私は学園に来てからアニエちゃんが一番の友達だ。今さら何があったって嫌いにならない。

「即答ね……じゃあ、サキにだけ特別に教えてあげる。私の一番の友達だしね……って何ニヤニヤしてるのよ」

そう言ってアニエちゃんは右手で私のほっぺをつまんで、うにうにする。

「いひゃいいひゃいぃ～」

一番の友達――アニエちゃんも私のことをそう思ってくれていたことがすごく嬉しくて、ついつい頬が緩んでしまった。

アニエちゃんは右手を離すと、「ふぅ……」と息を吐いた。

「このことはみんなには内緒なんだからね。フランやアネットちゃん、それとミシャとオージェにも」

「うん、約束」

私が小指を出して見せると、アニエちゃんは首を傾(かし)げる。

こっちの世界には指切りの習慣がないのか……。

「前に私がいたところでやってたの。約束を守る、おまじない」

「へぇ……こう？」

アニエちゃんも小指を出す。

そして私は、自分の小指とアニエちゃんの小指を結んだ。

「ゆーびきーりげんまん、うーそついたらはーりせんぼん、のーます」

私が歌うと、アニエちゃんは驚いたように声を上げる。

「え⁉　針千本呑まされるの⁉」

「ふふふ、私が嘘をついて、アニエちゃんの秘密を誰かに話したら……ね？」

「そ、そんな覚悟を見せなくても……まぁいいわ」

そう言うと、アニエちゃんは夜空を見上げた。

その表情はちょっぴり悲しそうで、何かに想いを馳せているようで。いつも明るいアニエちゃんとは別人みたいだった。そしてアニエちゃんは決心したように口を開く。

「私が養子になった目的はね、パパとママの仇を見つけて……殺すこと」

落ち着いた様子で話すアニエちゃんの声は、いつもよりも澄んで聞こえて、私の心に突き刺さった。

「え……？」

「順を追って話すわね。孤児として育った私は、生きていく力をつけるためにどうしても魔法を覚えたかったの。そのためには魔法学園に入学しなければならなくって。ただ私がもともといた孤児院から入学するのは、予算的に厳しいって子供ながらにわかっていたわ。孤児院の先生はすごくいい人だったけど、とてもわがままなんて言える状況じゃなかった」

確かに魔法学園に通うにはある程度お金に余裕がないと難しい。

もとの世界と同じで、学費がかかるのだ。

そして魔法学園に入学してわかったのは、魔法は教えてくれる人がいないと、自分一人で上達するのはとても大変だということ。私にとってのネルや貴族の子供にとっての家庭教師のように、教育者がいなければ高いナンバーズや技能を習得するのは難しいのだ。

まぁレオン先輩みたいに、通常の十種類の属性以外の属性を持つ魔法——特殊魔法(ユニーク)を独学で覚えてしまうような例外もいるけど。そもそも特殊(ユニーク)魔法自体、教えられる人が少ないし。

アニエちゃんは続ける。

「でも、私はどうしても魔法を覚えたかった。そんな時に私にチャンスが舞い込んできたわ」

「ブルーム家の養子の話？」

「そうよ。ブルーム家に入ったら、この先一切のわがままを言わないと誓(ちか)ってでも、魔法学園への入学だけはさせてもらうつもりでいたわ。まぁ、私がお願いしなくても、当主のオドレイ様が公爵家に相応(ふさわ)しい教育を受けさせるという方針だったから入学できたけどね。私はこうしてブルーム家の養子になったの。そんな時だった。私が捨て子ではなく実はもともと伯爵家の娘で、両親は殺されてしまったんだと知ってしまったのは」

前にフランに聞いたことがある。

アニエちゃんの生家であるオーレル家が、何者かに襲撃されたという話だ。

アニエちゃんは話し続ける。

「それを聞いた時、私の中に黒い……ぐちゃぐちゃした気持ちが溢(あふ)れてきたの。仲良くパパやママと手を繋いで歩く私と同じくらいの年の子を見るたびに、誰もいない隣を見てしまうようになった。そして私は理解したわ。ぐちゃぐちゃしたこの気持ちは……憎しみなんだろうって。どうして私の隣にパパはいないんだって、どうして私を褒(ほ)めてくれるママはいないんだって、どうして私は普通じゃないんだって、取り戻したくても取り戻せない幸せを思うたびにその気持ちは増える一方で……誰に憎しみの矛先を向けていいかもわからなかった。だからこの気持ちは私のパパとママを殺した人に向けることにした。魔法を覚えて、強くなって、その人になんでパパとママを殺したのか、どうやって殺したのか、全てを聞き出して、次は私がその人を……殺すんだ」

「アニエちゃん……」

淡々と話すアニエちゃんは驚くほど落ち着いていて、でも覚悟を感じた。

「サキと最初にお昼を食べた時に、努力をする人が好きって言ったの覚えてる？　あれは嘘じゃない。でもね、努力をする『私』は大っ嫌い……こんな汚い気持ちを持っている『私』なんて大っ嫌い……頑張るみんなを見て、みんなの姿に嫉妬する『私』が、大っ嫌い……」

そう言って、アニエちゃんは顔を伏せる。

知らなかった。アニエちゃんはみんなのお姉ちゃんみたいで、しっかり者で、努力家で、たまに甘えんぼさんで……私の大切な友達だ。それなのに、こんなにもアニエちゃんが苦しんでいることに、私はちっとも気付かなかった……。

そして、アニエちゃんの話を聞いても、私にはアニエちゃんの気持ちを本当の意味ではわかってあげられない。

仲の良い親子を羨む気持ちはわかる。

前の世界での私の親は酒癖が悪く、虐待してくるようなロクでもない人間だったから。ただ、そんなでも私の親だ。その存在に後押しされて努力できた時もあった。

アニエちゃんにはそんな親すらいない……どんなに頑張っても『本当の親子』という理想を叶えることができないんだ……。

ずっとアニエちゃんはすごいと思っていた。両親を失い、見知らぬ家の養子になり、周囲のプレッシャーをはね除けて努力をする姿に、私は憧れの気持ちさえ持っていた。

でも、その努力の目的は復讐だったんだね……。

少しだけ、悲しい……。

黙ってしまった私に、アニエちゃんが尋ねてくる。

「どう？　私のこと、嫌いになった？」

「ならない」

「また即答なのね」

「でも……悲しいなぁ」

私がそう言うと、アニエちゃんが不思議そうな顔をして聞いてくる。

「なんでサキが悲しくなってるのよ」

「私ね……昔、とっても酷い目にあってたの。たくさん働いて、たくさん辛い思いをして、それでも幸せになれなくて……親も私の心配なんてしない、むしろ私を傷つける時もあった。そんな時に私を辛い世界から助けてくれた人がいて、その人に言われたの。『復讐めいたことをしても、人の心は晴れません』って。私はアニエちゃんが大好きだから……頑張っているアニエちゃんが大好きだから……笑ってるアニエちゃんも怒ってるアニエちゃんも大好きだから。大好きなアニエちゃんが目的を成し遂げた時のことを考えたら、私はとっても悲しいよ」

「サキ……」

気付けば私の頬を涙が伝っていた。

「サキ、泣かないで？」

「ごめんね……」

「ううん、私が間違ってるの。サキはやっぱり優しいね……それじゃあ、サキにお願いをしてもいいかな？」

「お願い？」

「もし……もし私が間違った道に進もうとしたら、その時は助けてほしいの。サキのことを助けたその人みたいに――お願い」

「アニエちゃん……」

そう言ってアニエちゃんはいつものように優しく頭を撫でてくれた。

でも、その顔はどこか寂しげだ。私は絶対に大好きなアニエちゃんに間違った道を歩ませるものかと、強く思った。

「サキ、こんなところにいたんだ。父様が捜して……ってどうしたんだい？」

パパに頼まれたらしいフランが声をかけてきたので、私は首を横に振って答える。

「ううん、なんでもないよ。今行くね」

私は立ち上がってパパの方へ向かう。

人込みをすり抜けて、なんとかパパのもとへたどり着くと、パパが尋ねてくる。

「サキ、すまない。使用人のみんなにサキが養子になることを伝えてなかったからね。紹介させてくれるかい？」

「は、はい」

頷いちゃったけどそれって……みんなの前に立つってこと⁉

ど、どうしよう！　急に緊張してきた！

言われるがままパパの後ろについていった先は、パパが最初に挨拶していた台の上だった。

「みんな！　聞いてくれ！」

パパが呼びかけると、メイドさんや兵士さんなんかが一斉にこちらを向く。

ひぃ⁉　し、視線が、視線がこっちに⁉

「今回、僕が公爵家当主を継承した後、ここにいるサキがアルベルト家の養子となることが決まった！　みんな、新たな家族を歓迎しようではないか！」

パパがそう言うと、使用人のみんなは『わぁー』と盛り上がって拍手した。

「サキ様が養子なんて、今日はなんて喜ばしい日なんでしょう！」

「あの嬢ちゃんが加わるとなりゃあ、アルベルト家はもう安泰だな！」

パパの言葉に、使用人のみんなはあちこちで私を歓迎するような声を上げた。

みんなが温かく受け入れてくれるのは嬉しいけど、アニエちゃんの話を聞いた後だったから少し心苦しくて、私は複雑な気持ちになってしまった。

報告が終わって、アニエちゃんのところへ戻ると、さっきの場所にはフランとアネットもいた。

アニエちゃんはいつもの雰囲気で二人と楽しそうにおしゃべりしていて、私は少し安心した。

三人は私に気付くと労(ねぎら)いの言葉をかけてくれる。

「サキ、お疲れさま」

「お姉さま、素敵でした！」

「これで、サキも公爵家の仲間入りだね」

こうしてお祝い会は無事終了した。

◆

お祝い会の後、私——アニエは自室へ戻って着替えてからベッドに横になる。

アルベルト家での暮らしにも、今はだいぶ慣れてぐっすりと眠れるようになっていたけど、今日は眠れなそうだった。さっきのサキとの会話が頭をぐるぐると回っていた。

どうしてサキにあんなことを話しちゃったんだろう。

あの子の前だと、隠し事ができなくなっちゃうんだよね……。

そんなことを考えていると、扉がノックされた。

「アニエ、少しだけ話せないかな？」

聞こえてきたのは、フレル様の声。

「はい」

返事をするとフレル様は、遠慮がちに部屋に入ってきて言う。

「こんな時間にすまない。今から休むところだったかな？」

「いえ、大丈夫です。なんだか眠れなかったので」

「そうか、じゃあ少しだけ失礼するよ」

フレル様がベッドの近くに椅子を寄せ腰を下ろすと、私は尋ねる。

「話ってなんですか？」

「先日の公爵会議で、王様から次のブルーム公爵家当主の発表があった。詳しくは言えないが、僕の継承の儀の後に、ブルーム家当主の叙任（じょにん）の儀があるはずだ」

「そう……ですか。でも、詳しく言えないっていうのは、どういうことなんですか？」

私はブルーム家の養子なのだから、次のブルーム家当主様がどんな人か、どの家の人か教えてくれてもいいと思うんだけど。

「それが、僕も詳しくは教えてもらっていないんだ。ただ王様が『お前ら、楽しみにしてろ。絶対驚くぞ』って……」

「ははは……あの王様らしいですね」

王様とは公爵家の子供の集まりで何度かお話をさせてもらったことがある。遠くから見上げていた時は威厳があって近寄りがたいイメージだったけど、私たちの魔法を楽しそうに見たり、王子様や姫様と笑顔で会話していたりする様子を見ると、気さくないい人だと思えた。ちょっと子供っぽいとも思ったけど。

フレル様は苦笑して言う。

「まったく、困ったものだよ。他の公爵家の当主にも聞いたが、どうやら誰にも教えていないみたいでね。ただ、近々君はブルームの屋敷に戻ることになりそうだ」

「わかりました……」

「不安だろうけど、王様は何よりも民のことを考える人だ。きっと今回教えてくれないのは、いつもの悪戯心(いたずらごころ)だと思うけどね」

そうだ、あの王様の判断なのだからきっと悪いことにはならないだろう。

「サキやフラン、アネットちゃんと暮らせなくなるのは少しだけ寂しいですね」

「離ればなれになるわけではないんだ。いつでもうちに遊びに来たらいいさ」

優しく微笑みながら言うフレル様に、私は頭を下げる。

「ありがとうございます。お世話になりました」

「こちらこそ、君がいてくれたおかげでサキもフランもアネットも楽しそうだった。特にサキ……あの子は君のことがとても好きなようだからね」

「フレル様、一つ聞いてもいいですか？」

「なんだい？」

「サキって、何者なんですか？」

自慢（じまん）じゃないけど、サキが来るまでは私は学年の中で魔法も成績も一番だった。そんな私ですらサキの足下にも及ばない。それどころか国家反逆組織リベリオンと戦えるサキは遥（はる）か高みにいるのだ。言い方は悪いかもしれないが、普通ではない。

フレル様は真剣な表情を浮かべて聞いてくる。

「アニエはサキについて、どんな風に聞いてるのかな？」

「フランには両親に捨てられて、森で猫と一緒に暮らしていたと聞きました。それまでは周りの人から酷い目にあわされていたって……それ以外に具体的なことは何も聞いていません」

「そうだね。実は、フランにも詳しいことは教えていない。いや、僕たちもサキに関してはわかっていないことが多いんだ。ただ、最初は『人』に対してとても臆病（おくびょう）でね……そんな彼女を放っておけなくて僕は一緒に来ないかと誘ったんだよ。そうだな……賢い君にならこれは教えても大丈夫だろう」

「何をですか？」

「サキのスキルについてだ」

サキは魔法もすごいけど、様々な武術スキルと変わった常態スキルを持っていた気がする。

前に聞いたのは悪意を見ることができたり、ものを透かして見たりできるスキルだったっけ？

「森にいる時にネルから聞いた話なんだが……サキは精神耐性100％を持っているらしいんだ」

「えっ⁉」

精神耐性100％⁉　嘘でしょ⁉

精神耐性のスキルは10％を獲得する時ですら、相当なストレスがかかるって本で読んだことがある。

耐性スキルは武術や魔法のスキルなどと違い、肉体や精神に負荷をかけなければ獲得することはできないのだ。

私も何度か自分のスキルを確認したけど、精神耐性のスキルなんてなかった。

教会のスキルボードでスキルは確認できるし……サキが嫌じゃなかったら今度一緒に行ってみようかな。ってそんなことは置いといて、100％という驚異的な耐性スキルをサキが獲得しているのが問題だ。いったいどんな生活をしたら100％なんて数値になるの……？

黙ってしまった私を見て、フレル様は頷いて言う。

「この話を聞いた時、僕も驚いたよ。それと同時に、余計にサキのことが放っておけなくなってね」

「そうなんですか……」

「だから少しずつ人と関わるようになっていくサキを見ていて、すごく嬉しかったんだよ。そして、その一番の功労者はアニエ、君だ」

「え……」

「優秀なサキに唯一弱点があるとすれば、人とのコミュニケーションが苦手なことだ。でもね、学園に通い始めてから少しずつ口数が増えていった。そして、話題の中に何度も君の名前が出てきたよ。優しくて聡明な君がサキと仲良くしてくれているんだと知って、僕はとても感謝していたんだ。

ただ同時に心配もしている」

そこでフレル様は声のトーンを落とした。

「アニエ、僕は昔から君の瞳の中に何か暗いものが見えるんだ……」

フレル様にはサキに話した、私が抱いている暗い気持ちを見抜かれているのかもしれないわね。

前にオドレイ様がボヤいていた。悔しいけどフレル様は、歴代の公爵家の中でも参謀としての才能がずば抜けているって。

そんな人が私みたいな子供の考えを見抜けないわけがない。

「君は賢い子だ。でも、人にはわかっていても間違った道に進まざるを得ない時がある。そんな時、助けてくれるのは友人や家族なんだ。だから、これからもサキと仲良くしてほしい。そしてお互いに助け合って生きてほしいんだ。僕にはそれができなかったから……」

「フレル様……」

「僕からの話は終わりだよ。アニエ、この先どんなことがあっても、僕たちアルベルト家は君の味方だ。もちろんサキもね。だから、いつでも頼ってくれ」

「ありがとうございます」

そこでお話は終わり、フレル様は部屋を出ていった。

私、サキにカッコ悪いところ見せちゃったな……。

私の辛さなんて、サキに比べれば全然大したことないかもしれないのに……やっぱり、サキは強いなぁ。

私は複雑な気持ちを抱きながら、ベッドで眠りについた。

3　貴族の装い

お祝い会の一週間後。

とうとう今日は私――サキのパパの家督継承の儀が行われる日だ。

屋敷の中は朝からバタバタと忙しい雰囲気があった。

継承の儀が行われるのは王城前の広場。何か大きなイベントがある時は、だいたいが王城前広場が会場になるらしい。

パパとその父上でありアルベルト公爵家現当主のじぃじは先に王城へ向かったので、私たち子供組は後からママと一緒に広場へ向かうことになった。

「お姉さま！　アネットの服、可愛いですか？」

そう言ってアネットは私の前でくるりと回る。

現在私たちは屋敷の一室で身じたくをしている。

やっぱり貴族はこういうイベントにドレスを着ていくものなんだね。

アネットが着ているのは淡い桃色のフリルがたくさんついたドレスだ。

「うん、とても似合っていて可愛いよ」

私が正直な感想を伝えると、アネットはにっこりとして言う。

「ありがとうございます！」

その時、扉がノックされてフランとアニエちゃんが入ってきた。

フランも普段とは違う格好をしていた。ネクタイをして、なんだかいつもより大人っぽい。

アニエちゃんもドレスを着ていた。

アネットとは違い、フリルが少なめの赤色のドレス姿のアニエちゃんはアネットに向けて微笑んだ。

「アネットちゃん、そのドレス可愛いわね」

「ありがとうございます！　お姉さまにも褒めていただけました！」

「あれ？　サキはまだ着替えてないのかい？」

私の格好を見て、フランが不思議そうに聞いてきた。

「うん。ドレスは用意してあるってクレールさんが言ってたんだけど……取りに行ってから戻ってこなくて……」

私が答えると、アニエちゃんとアネットが口にする。

「でも、そろそろ着替えて向かわないといけない時間じゃないかしら？」

「そういえば、お母さまのお部屋からクレールの話し声が聞こえましたわ」

ママの部屋？　何をしているんだろう……。

みんなでママの部屋へ向かうと、部屋から屋敷のメイドさんであるクレールさんとママの声が聞こえてくる。

「ですから、こちらの淡い緑のドレスの方が、サキ様にはお似合いかと！」

「確かに緑も素敵よ。でも、こっちの白の方がサキちゃんの幼さと清純さが強調されて、より可愛さが増すに決まっているわ！」

部屋に入ってみると、ベッドの上には子供サイズのドレスがたくさん並べられていて、ママとクレールさんが服を一着ずつ持ちながらヒートアップしていた。

「ママ、クレールさん。落ち着いて……？」

私が声をかけると、二人はスッといつも通りを装う。

「あら、みんなお揃いで。どうしたのかしら？」

「サキがまだ着替えていなかったので、ドレスはどうなったのかなってクレールさんを捜していたんですけど……」

アニエちゃんが説明すると、クレールさんとママは手に持っていたドレスを私たちに突き出す。

「サキ様にはこちらのドレスを！」

「いいえ、こっちのドレスよ！」

もしかしてこの二人……朝からずっとドレス選びでもめていたわけ!?

二人はバチバチと睨み合っていたけど、やがてママが息を吐いた。

「こうなったら多数決よ。みんなはどっちのドレスがいいかしら？」

ママの言葉に、私たちはうーん……と悩む。

ややあって、アニエちゃんが口を開く。

「私は緑かしら？　普段白い服をよく着ているから、たまには色味のある服を着たサキも見てみたいわ」

その意見に、フランも同調する。

「僕も普段とは違うサキを見てみたいから、緑の方がいいかな」

「ですよね！　そうですよね！　フラン様！　アニエ様！」

嬉しそうにするクレールさんを見て、ママはむむむ……と顔をしかめた。

「アネットは白の方がいいですわ！　お姉さまといえば純白！　このドレスはお姉さまにぴったりだと思いますの！」
ア、アネットの褒め方が恥ずかしい……でも……。
「私も白がいい……かな？」

「そうよねそうよね！　さすがは私の娘たち！」

「ま、まだ三対三です！」

クレールさんが声を上げた。

確かに三対三だけど……私が着るんだから白でよくないかな？

そんな私の考えを他所に再び睨み合う二人。

どうしようかなあ。

「ネルはどっちがいい……？」

私はしゃがんで、後ろにいたネルに聞いてみた。

ネルは一度首を傾げてから、ママとクレールさんの方へと歩き出す。

そのネルをまるで結果発表を見る受験生のように見つめる大人二人。

ネルは二着を交互に見てから白いドレスの前で立ち止まると、床をたたしたし叩いた。

「や、やったわぁ！　やっぱりこっちのドレスよね！」

「そ、そんなぁ……」

猫の前でくるくる回るママと、両手をついてへこむクレールさん。たかが服選びで大人が一喜一憂している様はなんともシュールだ。

こうして、私のドレスは白を基調とした黒リボンの可愛いドレスに決まった。


「お姉さま可愛いですわぁ！」

「ふふふ……やっぱり私の目に狂いはなかったわね」

王城に向かう馬車の中で私は両サイドからアネットとママに抱きつかれていた。

アニエちゃんは苦笑いを浮かべて言う。

「サキも大変ね……」

そんな様子をいつも見ているフランはやれやれといった様子で首をすくめる。

「まぁ、母様もアネットもいつもこんな感じだよ」

「気持ちはわからなくもないけど」

そう言ってアニエちゃんは外に目を向けた。

「キャロル様、アネットちゃん、もう着きますよ」

アニエちゃんがそう言った瞬間、ママとアネットはキリッと姿勢を正した。

毎度毎度びっくりする……。

ママとアネットは家から出ると凛とした貴族夫人と令嬢なのだ。

広場に到着して、馬車を降りるママとアネットの後ろをついていく。彼女たちの歩き方や立ち居振る舞いは本当に優雅で美しい。

すれ違う貴族の方々へ「ご機嫌よう」とか「お元気そうで、何よりでございます」など挨拶するママも、「しっかりしていらして、ご立派ね」と褒められて「そのように言っていただき、光栄でございます」「私などまだまだでございます」と返すアネットも、いつもの姿からは想像もつかないほど様になっているのだ。

まぁ、いつも通り冷静に挨拶をしているフランも、それはそれですごいとは思うけど。

そんな三人とは違い、貴族としての立ち居振る舞いにまったく自信のない私は、アニエちゃんと後ろの方を歩いていた。

すると、突然後ろから声をかけられる。

「ご機嫌よう」

振り向くと見覚えのない男の人が立っていた。

服装を見るに、たぶん貴族だとは思うけど……。

「ご、ご機嫌よう……ございます」

いや、自分で言っておいてなんだけど、ご機嫌ようございますって何⁉

やばいやばい、男の人ニコニコしてたのに、今きょとんとしちゃってるもん！

一瞬私の挨拶で空気が固まったが、男性は再び笑顔に戻って口を開く。

「お初にお目にかかる。失礼ながらサキ・アメミヤ嬢で間違いありませんか？」

「は、はい」

「そうですか！　そなたがあのアクアブルムの英雄サキでしたか！　いやぁ！　噂は聞いていたが、想像以上の美貌！　それに纏っている空気が違う！」

男の人が口にした『アクアブルムの英雄』という言葉で、周囲の視線が私に集まり、手が震えてしまう。

周りからは「あれがあのリベリオンとの交戦で勝利した……」とか色々聞こえてくる。

目の前の男の人が何か話しているけど、内容が入ってこない。

足がすくむ……膝に力が入らない。気のせいかもしれないけど寒気までしてきた。全身に鳥肌が立つ……怖い……助けて。

「ディエネンド侯爵様、うちのサキに何か御用でも？」

体が震え、呼吸が荒くなり始めたところで、後ろからママの声が聞こえた。

ディエネンド侯爵と呼ばれた男性は頭を下げながら、ママに答える。

「これはアルベルト公爵夫人。いえね、巷で有名なアクアブルムの英雄に挨拶へ来ただけですとも」

「すみません、うちのサキは目立つのがあまり好きではないんです。これで、失礼してもよろしいかしら？」

「そうでしたか。失礼ながらキャロル夫人。今し方、『うちの』とおっしゃっていましたが、サキ・アメミヤ嬢はアルベルト家とどういったご関係で？」

「サキは我がアルベルト家で、子供たちに魔法を教えてくれているんですの。おかげでフランもアネットも魔法の技術に磨きがかかっていて、親として嬉しい限りです」

笑いながら話すママは私を隠すように前に立ち、アニエちゃんの方へ軽く押した。

私はふらふらと歩いて、アニエちゃんに受け止められた。

アニエちゃんは私を安心させるように背中をさすりながら尋ねてくる。

「サキ、大丈夫？」

「はぁ……はぁ……う、うん」

アニエちゃんに触れられた背中に温もりを感じて、少し落ち着いてきた。

改めてママの方を見ると、ディエネンド侯爵様とにこやかに話をしていた。

でも、あのママの笑顔はちょっと怒ってる……？

◆

「なるほど。ではキャロル夫人、サキ嬢は貴族ではないと？」

しつこく食い下がるディエネンド侯爵に私――キャロルはため息をつきたい気持ちだった。

「そうですわね。まだ、ですけどね」

ディエネンド侯爵は今の侯爵の中で最も公爵家への執着が強いわ。きっとサキちゃんを養子にするために近づいたんでしょうけど、そうはいかないわ。

あの子を政治の道具になんてさせない。そもそも公爵になるために子供を利用しようとする者が公爵にふさわしいわけがないんだから。

「ほう？　それはどういう意味ですか？　まるでこれから貴族になるような物言いですな」

サキちゃんが養子になるにはフレルが公爵家当主となってから、正式に国へ手続きしなければいけない。つまり、現段階でサキちゃんはまだ私の娘ではない。

書類手続きは式が終わり次第行う予定だったけど、その前にサキちゃんがディエネンド侯爵に養子の話を持ちかけられて同意をしてしまうとまずいわ。

でも公爵家の次期当主が、英雄と話題の女の子を養子にするために家に囲っていた、なんて噂が流れるとちょっと厄介なのよね……だから、まだサキちゃんがアルベルト家の養子になると言うことはできない。

それに、このディエネンド侯爵には怪しい噂が絶えないのよね。ディエネンド侯爵が商談や交渉の場に現れると、なぜか必ずディエネンド家に有利になるようにことが進むとか。

私はディエネンド侯爵に答える。

「あら、ご存じないかしら？　主人からいくつかの侯爵家の方からサキをぜひ養子にしたいと話が来ていると聞いておりますが。サキはアルベルト家の屋敷に住み込みで家庭教師をしていますから、そうした話はすぐ耳に入りますの」

ここはうやむやにして、逃げ切るしかないわ。

このディエネンド侯爵が怪しい魔法でも使っているのなら、サキちゃんに接触されるのはまずいもの。

侯爵は頷いて言う。

「なるほどなるほど、それではぜひとも我がディエネンド家も候補に入れてほしいものですな」

「ディエネンド侯爵様のところには優秀なご長男がおられるではないですか」

「それは他の侯爵家とて同じでしょう？」

それは確かにそうだけど……意地の悪い返し方だ。

絶対こんなやつのところにサキちゃんを渡さないいんだから！

「しかし、サキは先ほど申しました通り目立つことが嫌いですので、このような場での挨拶は好ましくないと思いますわ」

「そうでしたな、それは失礼いたしました。では、後ほど改めて目立たない形でサキ様にご挨拶させていただいてもよろしいですかな？」

もう！　めんどくさいわね！　こっちは早くフレルのところに行きたいっていうのに！

でも、遠回しにでも断っておかないと、サキちゃんに迷惑がかかるわ……。

うぅ～……ここはやっぱり……。

「申し訳ございませんが、私では正確な回答ができかねます。ですから、私ではなく、主人の方へお願いいたします」

こういう時はフレルに丸投げよ、丸投げ！　こういう腹芸でフレルの右に出る者はいないんだから！

その言葉に、ディエネンド侯爵の眉がピクッと動いた。

フレルは貴族家の間でも噂になるほど交渉や話し合いの類が得意だから、ディエネンド侯爵にとっては厄介な相手に違いないものね。

だからこそ、フレルがいない今のタイミングを狙ってきたのかもしれない。

「いえ、公爵当主のお手を煩わせるわけには……私が直接、サキ嬢に話をさせていただければいいだけの話ですので……」

「サキは私どものことを本当に信頼してくれていまして、他の貴族との窓口になってほしいと言われていますの。ですから、どちらにせよ主人に話が行きますわ。二度手間は避けた方がよろしいと思いまして」

私がニコニコしながら言うと、侯爵は先ほどまでの余裕の表情を崩す。

「わかりました……機会があればフレル公爵に話を伺うことといたしましょう」

「えぇ、そうしていただけると助かりますわ」

ディエネンド侯爵は頭を一度下げ、悔しそうな表情をして人込みの方へ歩いていった。

ひとまずトラブルの芽は摘めたかしらね……。

胸を撫で下ろしてみんなの方へ戻ると、サキちゃんは少し落ち着いたみたい。

「サキちゃん、大丈夫？」

周りに聞こえない程度の声量で尋ねると、サキちゃんはこくりと頷いた。

「もう大丈夫だよ。ありがとう、ママ。かっこよかった」

か、可愛い……今すぐ抱きしめたい……！

た、耐えるのよ、キャロル……ここは公共の場。こんなところで「サキちゃーん！」なんて言って抱きついてみなさい。後でどうなるか考えるだけで恐ろしいわ……。

「それじゃあ、フレルのところに向かいましょうか」

みんなにそう告げて、私は王城へ向かって歩き出した。

◆

色々あったが、私――サキはなんとかパパのいる王城前へたどり着いた。

王城の前に立ってみて、改めてその大きさにびっくりする。

いつもは学園から先端がちらちら見えるくらいだし、王城前はいつも人がたくさんいるから近づくこともなかった。

私が王城を見上げていると、フランが尋ねてくる。

「サキ、どうかした？」

「ううん、ただ、お城がおっきいなぁって」

「国のシンボルだからね。中もすごく豪華だよ」

フランはそう言うけど、アルベルト家のお屋敷も十分豪華だよ……。

上には上があるんだね。

「さ、フレルが待っているわ。行きましょう」

ママに言われて私たちは城の中へ入る。

入り口にいる警備の騎士さんは、ママの顔を見て会釈をした。

さすが公爵家……王城にも顔パスで入れるんだ。

王城の中に入ると、目の前に広がるのは映画でしか見たことないような光景だった。

広く長い廊下に、赤い絨毯が敷かれており、天井にはきらびやかなシャンデリアまである。

そんな豪奢なお城にもママは慣れっこなのだろう。特に驚くこともなく歩いていく。

その後ろをついていきながら、私はキョロキョロと廊下を眺めた。

高そうな絵や壺や宝石なんかも飾ってあり、興味をそそられてついついフラフラと見に行ってしまう。

そしてふと、右手にあるガラス張りのケースの中に飾られているものに気付く。近づいてみると、そこにあったのは立派な剣だった。

「きれい……」

剣は鮮やかな朱色の鞘に収められ、銀色の柄には青、赤、黄、緑の宝石がついている。

でも、これじゃあ重くて振れないんじゃないかな？

「ねぇ、アニエちゃん……ん？」

横を向くと、さっきまでそこにいたみんながいなかった。

もしかして……置いていかれた!?

確かに一番後ろにいたし、勝手に剣を眺めていたんだけどさ!?

どうしよう……どうしよう……。

「おい、そこで何をしている」

「ぴぃっ！」

急に声をかけられて、声にならない声が出てしまった。

声の方を向くと、男の人が立っていた。

年齢はパパより少し上かな……。

でも、パパとはタイプが違うというか……男らしい感じのワイルドな顔立ちをしている。

「あ、あ、あの……ひ、人とはぐれて」

城への侵入者だと思われるかも……ここは正直に答えないと。

「人とはぐれた？　どこの家のやつだ？」

「アルベルト家……です」

「アルベルト……名前は？」

「サキ……」

私の名前を聞いて男の人はニヤッと笑った。

「そうか、お前がサキか」

「あ、あの……」

「ん？　あぁ、事情はだいたいわかった。でも、アルベルト家ならキャロルが一緒にいたんじゃないか？　なんではぐれた？」

困惑する私に、男の人が尋ねてきた。

「この剣を見ていて……気が付いたら誰もいなくて……」

「なるほどな。この剣が気になるのか？」

「他のものに比べてケースが頑丈そうだから……重要なものかなって。きれいだったし」

男の人は頷いて説明する。

「この剣はな、この国を作った初代王が持っていたとされる剣だ。特殊な魔法がかけられているらしい。錆(さ)びないし、刃こぼれも起こさない」

「そんなにすごい剣なんですね……」

私は改めて剣を見る。そんなに由緒(ゆいしょ)正しき武器だったとは。

「この剣を見て、何を思った？」

「装飾が多いから……重くて振りにくそう」

私が最初に見た時の感想を言うと、男の人は下を向いてぷるぷると震えた。

そして急に笑い出して、私の頭をポンポンと優しく叩く。

「ぷっ……あっはっは！　そうかそうか！　そうだよな！　戦うための道具をなんでこんなに飾ってんだって思うわな！　お前面白いな！　気に入った！　よし、俺がお前の連れのところに案内してやる。ついてこい」

そう言って男の人が歩き出したので、私は慌ててついていく。

「あ、あの……」

「ん？　どうした？」

「名前は？」

「名前？　あぁ、そうだな……よし、俺のことはヴァンって呼べ」

「ヴァンさん？」

「そうだ、今度ははぐれずについてこい。城の中で気になるものがあれば教えてやる」

「は、はい……！」

私は返事をして、ヴァンさんについていった。

「ヴァンさん、これは？」

私は飾ってある壺を指差して聞いた。

「これは水不足で悩む村を助けるために、賢者がその村の村長へ贈った壺だ。水魔法が使えなくても魔力で水が出せるらしい。まぁ、本当かどうかわからんがな」

「どうしてわからないの？」

「魔力を注いでも水が出ないんだよ」

「あぁ……」

ヴァンさんは、飾ってあるものについて聞くとすぐに説明をしてくれる。

何者なんだろう？　お城にいるから関係者だとは思うけど……。

まぁ、楽しいからいいか。

「どうだ？　おもしれぇもんがたくさんあるだろ？」

「うん！　お宝がいっぱいで楽しい」

そう言うと、ヴァンさんはしばらく黙ってから、私の目をまっすぐ見つめて聞いてきた。

「宝か……なぁ、サキ。この国で一番の宝ってなんだと思う？」

「え？　うーん……」

今見てきた中だとやっぱりあの剣かな？　振りにくいとは思うけど、特殊な魔法がかかっているみたいだし、何より初代王様の持っていたものだということが一番の付加価値ではないだろうか。

「あの剣？」

「確かにこの城にあるものの中じゃ一番金額が高いもんではあるけどな。お前、いいセンスしてるぜ」

そう言ってヴァンさんははっはっはっと笑った。

それから得意げな顔になり、人差し指をぴっと立てて言う。

「俺が思う一番の宝はな……国民だ」

「え？」

「いいか、サキ。城で見た剣も壺も、作ってるのは全部国民だ。魔法をかけたのは賢者かもしれないが、賢者は剣も壺も作れない。作っているのは鍛冶屋（かじや）や陶工（とうこう）だろ？」

言われてみれば確かにそうだ。私が納得して頷くとヴァンさんは続ける。

「だが、そういう腕を持っているやつらだけが宝だってわけでもない。その鍛冶屋や陶工が生きていく上で重要な衣食住を支えているのは誰だ？　農畜産業をしている者や、商人、大工に……料理はそいつらの伴侶（はんりょ）がしていたかもしれないな。その剣や壺を作るための金属や土は誰が取ってきたんだ？　鉱山なんかで働くやつらだ。何かの仕事の前後には、必ず別の人間の仕事が存在するし、直接じゃなくても多くの国民が関わっている。その時代の国民たちが必死に生きていた証（あかし）が、剣や壺って形になって残っているだけなんだ。だから俺は、残ってるものよりその歴史を刻む働きをした国民を宝と呼ぶべきだと思っている」

ヴァンさんはまっすぐ私を見て語った。

すごく素敵な言葉だと思った。

前の世界でもそうだった。会社ではどの仕事にも多くの人が携わっていた。

料理は私が自分でしていたけど、材料のお肉や野菜やお魚は農業や漁業を生業（なりわい）とする人たちが、扱（あつか）う包丁や家電製品なんかは工場の人たちが作ってくれたものだ。

そう考えてみると、ヴァンさんの言っていることは正しいし、さっきまで見てきたお宝たちの重みが、私の中で増した気がする。

「なんとなくわかります」

私がそう言うと、ヴァンさんは私の頭をわしゃわしゃ撫でる。

「そうか！　お前は賢いな」

私たちは言葉を交わしながらしばらく歩いていき、ある部屋の前に来たところでヴァンさんは立ち止まった。

「たぶんこの中にフレルとキャロルがいるはずだ」

そう言ってヴァンさんが私の背中を軽く押す。

「ありがとうございます」

お礼を言いながら振り向くと、もうヴァンさんの姿はなかった。

え？　どうやって消えたの？

少し考えたがわからなかったので、私はひとまず部屋に入ることにした。

中にはヴァンさんの言った通りみんながいて、ママとアネットにこれでもかと抱きつかれた。

フランによると、私がディエネンド侯爵に拉致(らち)られたと勘違いしたママが殴(なぐ)り込みに行きかけていたらしい……。

ちょうど私が部屋に着いてすぐに継承の儀の準備が整ったと報告があり、じぃじとパパが部屋から出ていく。

私たちも一緒に部屋を出ることにしたんだけど……あれ？　なんでアネットは私の手を握(にぎ)っているのかな？

「んっと、アネット？　なんで手を繋いでいるの？」

私が尋ねると、アネットがにっこり笑って答える。

「またはぐれてしまったら大変ですから」

「えぇ……」

アネット、私のことほんとにお姉ちゃんって思ってる？

でもまぁ一度迷子になった前科がある以上は、文句は言えない……。

そうして仲良く手を繋いで歩いていくと、私たちは王城前広場に到着した。

じぃじとパパは広場に設置されたステージへ、ママとアネットとフランはステージ横の家族席のような場所へ案内された。

まだ養子として手続きしていない私と、ブルーム家のアニエちゃんは一般貴族に用意された場所へと向かう。

ちなみに、アニエちゃんはアネットに頼まれて私の手を握っている。

なぜか私の手を握ってから機嫌のいいアニエちゃんに連れられていくと、周りの人たちの服装が高級そうなものに変わっていった。

意外なことに一般貴族は立ち見らしい。

なんでも、今の王様が「自分にとっては皆同じ国民だから、貴族が偉そうに座っていて他の国民が立っているのはおかしい」とかなんとか言って、貴族もこうやって立って見ることになったんだそうだ。変わった王様なのかもしれないけど、優しい理由だと思う。

でも、そのせいで周りには人がいっぱいだ。

「ひ、人が……」

「ここには貴族しかいないとはいえ、やっぱり人は多いわね」

アニエちゃんがそう言ったタイミングで、私の肩に誰かが手を置いた。

「ひぃ！」

「ひゃあ！」

私が驚いて声を上げると、アニエちゃんもびくりとする。

「サキ、アニエ、僕だよ」

振り向いた先には、爽やかな笑みを浮かべたレオン先輩が立っていた。

「レオン先輩……？」

「レ、レオン先輩、驚かさないでください……」

私とアニエちゃんが文句を言うと、レオン先輩がにこやかに言う。

「ごめんごめん、驚かせる気はなかったんだ。てっきりサキは一般の人のところにいると思ってたから、貴族の場所にいるのを見て、道にでも迷ったかと思ってね」

レオン先輩まで私が道に迷うような子だと思っているのか……ちょっと心外。

そんな複雑な気持ちを抱いていると、横のアニエちゃんが口にする。

「あ、そうか。レオン先輩は知らないんですね」

「ん？　なんのことだい？」

はっとする。私がアルベルト家の養子になる件は、まだ家の使用人や、パパからの信頼が厚い貴族にしか伝わっていない。私はどうしたものかとアニエちゃんを見て尋ねる。

「えっと、これって言っていいの？」

「まぁ、レオン先輩ならいいんじゃないかしら？　情報を悪用するような人じゃないし……」

私はことのあらましを周りの人に聞こえないようにレオン先輩に説明した。

「え？　本当かい？　それは知らなかった」

驚いた様子のレオン先輩に、アニエちゃんが言う。

「まだ公表されていないので今日は私の付き添いってことで通そうと思っています。私も一応公爵家の人間ですし」

「なるほど。なんにせよ、それはめでたいことだね。あ、王様が来た。そろそろ始まるよ」

レオン先輩はそう言って、ステージの方を見る。

私もステージへと視線を移す。するとパパとじぃじが頭を下げる中、高貴な感じの服に身を包んだ男の人がステージに上がるところだった。その男の人は――さっき親切にしてくれたヴァンさん!?

私以外のみんなが頭を下げているけど、私はあまりの驚きに固まってしまっていた。

「皆、面（おもて）を上げよ」

ヴァンさん……いや、王様なのか。

王様がそう言うと、全員頭を上げた。

ステージの周りの人が風魔法を使って声を遠くに届くようにしているから、王様の声はマイクを通したみたいに大きい。

「これよりアルベルト家の家督継承の儀を行う。現当主、アノル・アルベルト・イヴェール。前へ出よ」

「はい」

じぃじが名前を呼ばれ王様の前まで行くと、王様は告げる。

「これまでの働き、忠義に感謝する」

「もったいなき御言葉でございます。公爵家当主として、国王陛下のお側で務めを果たせたことは、我が人生の誇りでございます」

「うむ。では、証をここに」

王様に言われて、じぃじは首にかけていた首飾りを外し、頭を下げながら王様へ渡す。

前にじぃじに聞いたことがある。

緑色の宝石がついた首飾りはオリーブを象(かたど)っていて、アルベルト家の象徴なんだとか。

他の公爵家当主にも王様より、それぞれの家の象徴を象った首飾りが渡されているそうだ。

「次期当主、フレル・アルベルト・イヴェール。前へ」

「はい」

じぃじが王様に一度お辞儀をして下がると、次はパパが呼ばれて、王様の前に出る。

「これからの働きに期待している」

「はっ。国王陛下より賜る証に誓い、当主としての責務を全ういたします」

「では、証を授ける」

パパは立て膝をして、王様が首飾りをかける。

すると、たくさんの拍手が送られた。

私も力いっぱい拍手をする。

パパは立ち上がり、王様や私たちにお辞儀をする。

そうして改めてじぃじの方に向き直ったパパを、じぃじが抱き寄せた。

じぃじはきっと嬉しいだろうな……。

自分の息子が跡を継いでくれるっていうのは父親としてとても誇りだと思う。

じぃじとパパが下がると、王様は手を挙げて拍手を止めた。

「アルベルト家のさらなる発展を願う。次に、私から皆に報告がある。現在、ベルニエ家の降格により空席となっているブルーム公爵の枠についてだ」

王様がブルームの名前を出したところで周囲がざわつく。

そしてアニエちゃんの、私の手を握る力が強くなった。

「本来四公爵家により国が統治されるべきところを、一つ欠けたまま約一年の時間を経てしまったこと、私から詫びよう。しかし、ここで明言する。王家では、すでに新たなブルーム家当主の選定を終えた。今日はその当主が誰であるかを皆に伝えようと思う」

王様がそう言うと、全員が息を呑むのが感じられた。

「新しいブルーム家の当主の名は……ロベルス・オーレル。前へ」

オーレル？　オーレルってどこかで聞いたような……。

「はい」

王様に呼ばれて、一人の男性がステージに上がる。

その男の人は遠目で見ると、どことなくアニエちゃんに似ている気がした。

「オー……レル？」

アニエちゃんが信じられないものを見たかのように声を出した。

そうだ、オーレルってアニエちゃんの家の名前だ。

オーレル家はみんな殺されちゃったって聞いていたのに、どういうこと？

でも、仮にあそこに立っている人がオーレル家の当主なのだとしたら、アニエちゃんのパパだということになる。

ステージ上にいるじぃじとパパが驚きの表情を浮かべているので、おそらくそうなのだろう。

王様は構わず続ける。

「このロベルス・オーレルは、オーレル家の屋敷を賊に襲われた際に死んだと思われていた。しかしそれは王国のスパイとして襲ってきた賊――国家反逆組織リベリオンを妻とともに追い、情報を得るためだったのだ。国に対する忠義、さらにはこうして情報を持ち帰った実績と実力を称えて、王家ではオーレル家のロベルスにブルームの公爵として、再び爵位を与えることとなった」

王様の発言に再びざわつく貴族の人たち。「そんな急に！」「これはあまりに一方的ではないか！」といったどなり声も聞こえてきた。自分がブルーム公爵家として選ばれるように画策していた貴族もいるわけだし、当然と言えば当然の反応だろう。

まぁいくつかの侯爵家は私を狙っていたわけだから、ブルーム家が決まるのは私としてはありがたいんだけど。

「何か異議のある者がいそうだな。皆としても突然のことで、大いに混乱しているだろう。故にこの場での発言を許す」

「では、発言させていただきたい」

王様の言葉にそう声を上げたのは、さっき私に声をかけてきたディエネンド侯爵だった。

どうやら声を大きく飛ばす魔法が使える人を側に置いているのか、王様のようにマイクを通したように聞こえる。

「失礼を承知で発言させていただきます、王様。私はそこにいる者が公爵家になることに反対いたします。まずその者が公爵家としての実力を備えているのか、情報を持ち帰ったというだけではわかりません。さらにオーレル家はもともと伯爵家で侯爵家よりも格下。私ばかりではなく現在の侯爵家の中にも納得がいかぬ者がいるはずです」

ディエネンド侯爵がそう言うと、周囲から「そうだ！」や「納得しかねます！」などと声が上がる。

「うむ。では、実力を示せば公爵として迎えることを認めるか？　今声を上げた者、こちらへ上がるがいい」

王様に言われて、ディエネンド侯爵を含めた三人がステージに上がる。

「ディエネンド侯爵にジェローム侯爵、それにアントワン伯爵か。ディエネンド侯爵と付き合いのある家ばかりだね」

ステージに上がった人を見てレオン先輩が教えてくれた。

あのディエネンド侯爵ってよっぽど公爵の座が欲しいんだね……。

前の世界でも出世欲のなかった私からすれば、よくわからないけど。

「では、今からこのロベルスには実力を示すためにこの三人と戦ってもらうとしよう」

そう言って王様が手をかざすと、ロベルスさんとステージに上がった三人の姿が消える。

「皆、上を見よ」

王様に言われて上を見ると、四人が空の上に立っていた。

「空中……浮遊？」

「いや、あれは空間魔法で空中に空間を作っているんだ。王様は空間魔法のスペシャリストだからね。あんな芸当は王様にしかできないよ」

思わず呟いた私にレオン先輩が教えてくれたので、私は魔力を可視化するスキル【魔視（まし）の眼（まなこ）】を発動してみる。すると、確かに空中に薄く魔力が見えた。

「今からあの空間でロベルスとあの三人で戦ってもらう。ルールはそうだな……よし、先日行われた魔法学園の代表戦のものを採用しよう。首飾りを持ってこい」

王様が言うと、使いの人が闇魔法の施してある首飾りを四つ持ってくる。

これは体に当たったダメージを計測し、肉体が限界を迎える前に持ち主を闇属性(ダクネ)の魔法で眠りに落とす――死ぬ前に戦闘不能状態にしてくれる首飾りだ。

王様はそれを受け取り上空へ送った。

空にいる四人は首飾りを首にかけて戦闘の準備を整える。対峙するディエネンド侯爵ら三人とロベルスさん。空気が張りつめた。

「では、始めよ！」

王様が合図するや否や、三人の貴族はロベルスさんに魔法を放とうと手を前に出し、魔法陣を展開する。

「危ないわ！」

アニエちゃんが叫んだ。しかしその瞬間には、ロベルスさんの姿が消えていて――三人の後ろに立っていた。

それだけじゃない。ディエネンド侯爵ら三人の展開していた魔法陣は割れ、その直後に三人は倒れた。

「何が……起きたんだ？」

レオン先輩が呟いた。私には、ロベルスさんが何をしたかかろうじて見えた。見えていても信じがたいけど。

ロベルスさんは高速で動いて三人の魔法陣を叩き割っていたのだ。

普通、魔法陣は触れられないはず。

「勝敗は決した！　これをロベルスが公爵家としてふさわしい実力を持っている証明とし、オーレル家を次期ブルーム公爵とする！」

王様がそう言うと、歓声と拍手が沸き起こった。あまりにも圧倒的な勝利に、もう文句を言う人はいない。

上空にいた四人はステージに戻り、倒れている三人は使いの人たちが連れていった。

「では改めて、ロベルスのブルーム家当主叙任の儀に移る」

その後、そのまま叙任の儀が執り行われた。

継承の儀と流れはさほど変わりはなく、ロベルスさんにブルームの象徴である青色の宝石がついたバラの首飾りが贈られた。

ひと波乱あった儀式が無事終了し、私とアニエちゃんは広場から王城へ向かった。王城前でママと合流することになっているのだ。

するとなぜかレオン先輩がついてきた。

「……なんでレオン先輩まで？」

私が尋ねると、レオン先輩は微笑んで答える。

「いいじゃないか。ロベルス新公爵の戦い方に興味が湧いたんだ。アニエについていけば会えると思ってね」

それを聞いた私はむすっとする。

「むー……」

「どうしたんだいサキ？」

「別に。なんでもないです」

そっけなく答えた私の横からアニエちゃんが口を挟む。

「レオン先輩が他の人の体術に興味を持ってるから、嫉妬しているのよね～」

「そんなことないもん……！」

私が反論すると、レオン先輩がなだめるように言ってくる。

「大丈夫だよ、僕はネル流武術の門下生だからね」

「勝手に改良するくせに！」

私はレオン先輩のお腹に突きを入れるが、あっさり止められる。

「門下生なら、姉弟子に逆らっちゃ……めっ」

「はいはい」

レオン先輩は楽しげにクスクス笑う。全然応えていないみたい……。

そんなやりとりをしているうちに、もう王城は目の前だ。ママ、フラン、アネットはすでに到着していた。

レオン先輩がママに話しかける。

「キャロル様、お久しぶりです」

「あら、レオン。いつぶりかしら？　学校ではサキちゃんと仲良くしてくれているみたいね」

「えぇ、それはもう。僕の姉弟子ですから」

まだ言うか、この流派不孝者め。

私が笑うレオン先輩を後ろからぽかぽか叩いていると、ママは目を細めて笑う。

「ふふふ、これからもサキちゃんをお願いね、レオン」

「はい。それよりも、先ほどのことはキャロル様はご存じでしたか？」

「オーレル家のことかしら？　いいえ、そもそもフレルも詳しくは聞いていなかったみたいだし……あの王様らしいといえば、らしいけどね」

「それはまぁ、確かに」

「今頃、得意げな顔でフレルとお義父様と話しているんじゃないかしら」

「なるほど。じゃあ王様に聞いてみるのが一番早いですかね」

ママとレオン先輩に連れられ、私、アニエちゃん、フラン、アネットは王城に入る。ママの先導でたどり着いたのは、継承の儀の準備ができるまで私たちが待機していた部屋だった。

扉を開けると、じぃじとパパ、それにさっき話題となっていたロベルスさんと、その隣には淡い朱色の髪……アニエちゃんと似た髪色の女性が立っている。

最初は扉の陰になって見えなかったが、ヴァンさん——王様が椅子に座っているのも見えた。

ヴァンさんは私と一瞬目が合うとドヤ顔するが、すぐに顔をママの方に向けて言う。

「おう！　キャロル、どうだ？　驚いたか？」

「王様……驚いたかじゃないですよ。どういうことですか？」

「どういうことって言われてもなぁ。どっから話していいのか」

王様が顔をかくと、ロベルスさんが笑顔で口を開く。

「王様、僕から話しますよ。キャロル、久しぶりだね」

「本当に……ロベルスさんなんですか？」

「もちろんだよ。妻もね」

ママの言葉に答えたロベルスさんが隣にいる朱色の髪の女性を見ると、彼女は微笑んで言う。

「久しぶり、キャロル」

「ナタリーさんも……でも、どうして」

「王様がおっしゃっていた通りさ。賊に襲われた後、僕とナタリーで賊の後を追った。そしてその賊が国家反逆組織リベリオンであることがわかったんだ。まぁ、末端(まったん)かもしれないけどね。それから潜入捜査をしていたら少しまずい情報を掴(つか)んでね。王様にそれを伝えに来たら、突然公爵にしてやるって言われたから驚いたよ」

ロベルスさんの説明に、ママは戸惑っているようだ。

「じゃあ、賊に殺されたって言うのは……」

「それには僕たちも驚いたよ。死体を確認せず殺されたことになっているなんてね」

そんなことあるの⁉

前の世界の基準と同じかはわからないけど、ドラマとかで遺体が出ていない殺人事件なんてなかったと思うし……やっぱり遺体を見つけて初めて死亡扱いにされていた気がする。

そう考えると、こっちの世界の捜査はちょっと杜撰なのかも。

にしてもママたちとロベルスさんたち、かなり仲良さそうだけど……。

「ロベルスさんたちとママたちってどんな関係……？」

私はこっそりとフランに聞くと、彼は耳打ちしてくる。

「前に父様から聞いた話によるとロベルス様たちは学園時代の先輩で、父様はロベルス様から、母様はナタリー様から体術を習っていたんだって」

なるほど……さっきの模擬戦でも、すごい動きをしていたもんね。

そんな話をこそこそしている間に大人たちの会話は一段落したようで、ロベルスさんは話の矛先をこちらに向けてきた。

「ところで、そこにいる子たちは誰かな？　黒髪の君はきっとクロードのところの子だろう？　面影があるからね。そこの金髪の男の子と桃色の髪の子はフレルとキャロルの子供かな？　賢そうな子だね。見たことのない銀髪の可愛らしい子もいるね。そしてその隣は……ん？」

ようやくそこでアニエちゃんに気付いたのだろう。ロベルスさんは信じられないものを見たような表情になる。

「まさか、アニエス……か？」

「……っ」

アニエちゃんはその言葉に一瞬びくっと体を震わせたけど、上手く言葉を紡げず、困ったような顔でロベルスさんとナタリーさんを見ている。

「アニエス……本当にアニエスなの？」

ナタリーさんはそう呟きながらアニエちゃんに近づき、しゃがんで顔を見る。

「あぁ、アニエス……会いたかったわ……」

そしてナタリーさんはアニエちゃんを抱きしめ、その二人をロベルスさんが包み込む。

でも、涙ぐむ二人に対して、アニエちゃんは状況についていけていないようだった。

◆

継承の儀の後、私――アニエスは困惑しながらも両親とブルームの屋敷に来ていた。両親と言ってもまだ現実感はないけど。

久しぶりのブルーム家のお屋敷は変わっていなくて、埃一つないところを見ると、管理はしっかりされていたようだ。

「さて、王様には使用人の手配をお願いしておいたけど、明日にならないと来られないらしいからね。今日一日はこの屋敷にいるのは僕らだけだよ」

父――ロベルス様が口を開くと、母――ナタリー様が口に手を当て言う。

「あらあら、それじゃあ食事の用意も自分でしないといけないわね」

「お風呂の用意もしないとな」

二人はどんどん話を進めていくけど、私は未だに気持ちが追いついていない。

「あ、そうだわ。大事なことを忘れてた。アニエス」

そう言って、ナタリー様がくるりと私の方を向く。

私は若干緊張しながら尋ねる。

「な、なんでしょうか？」

「私、まだ一度もアニエスに『ママ』って呼んでもらってないなーって思って。それに、敬語はダメよ？　他の貴族家ならそういうこともあるでしょうけど、私は娘に敬語を使われたくないわ」

ナタリー様はおっとりとした口調で言った。

きゅ、急にそんなこと言われても……。

そういえばサキに聞いたことがある。キャロル様はやたらと自分のことをママと呼ばせたがるって……それ!?　まさかそれなの!?

「じゃあ僕のこともパパって呼んでもらわなきゃね」

ロベルス様まで!?

二人は揃って私にズイズイと寄ってくる。そのあまりの勢いに私は思わず後ずさる。

「ちょ、ちょっと待ってください！　私、まだ……」

すると、ナタリーさんがショックを受けたように後ろへ下がった。

「もしかして、襲われた時に置いていってしまったから……」

そう言って口元を押さえるナタリー様。

「ち、ちが……」

ロベルス様も同じように寂しそうな表情を浮かべた。

「そうか、すまなかった……でも、まだ幼い君を、危険な場所に連れていくわけにはいかなかったんだ」

「だから、違うの！」

私は二人に向かって叫んだ。

「な、なんていうかその……まだ本当の両親だと信じられなくて。だって死んだと思ってたのに、急に生きていたってわかっても……」

「アニエス……無理もない。七年も娘をほったらかしにしてしまったんだ。親失格だと思われても、文句は言えない」

それからロベルス様は、私の前に来てからしゃがんで目線を合わせた。

「でも、これだけはわかってほしい。僕もナタリーも、アニエスを想わなかった時はなかった。国のためとはいえ、アニエスのことを一人置き去りにしたことに罪悪感を抱かなかった日はなかった。だからアニエス、僕たちに失った七年を取り戻すチャンスをくれないか？」

ロベルス様はまっすぐに私を見つめて言った。

どれだけ真剣に私を想ってくれているのかが、その眼差しから伝わってきて、信じてもいいのかもしれないと、そう思った。

「わかった。パ……パパ。ママ」

「アニエス！　ごめんなさい……ごめんなさいね。私も母親として頑張るから……もうあなたに寂しい思いはさせないから！」

私の慣れない呼び方を聞いて、ナタリー様……ママは泣きながら私を抱きしめる。

その後しばらくそうしていたが、やがてパパが手を叩いて言う。

「さて、それじゃあ今日は頑張って自分たちで食事を作らないとな！　材料は食料保存庫に入っているると聞いたけど……」

「任せて！　私が腕によりをかけてアニエスのために美味しい食事を作るわ！」

そう言ってママはふんすと自信満々に鼻を鳴らす。

「じゃあ、僕はお風呂を沸かそうかな。アニエス、一緒に入ろうじゃないか」

「いや、もうさすがにパパと入るのは……」

「え……」

激しくショックを受けた様子のパパを他所に、鼻歌を歌いながら厨房へ向かうママ。

そんな他愛のない日常のワンシーンが、私にとっては温かくて、こそばゆかった。

◆

継承の儀が行われた日の夜。私――サキはパパの部屋に呼ばれていた。

「サキ、遅くにすまない。座ってくれ」

部屋に入ると、パパとママが椅子に座って私を待っていた。

私も向かいに腰を下ろしパパの方を向くと、パパが口を開く。

「少し聞きたいことがあってね。前にシャロン様が暗殺されそうになった時、医者に化けていた賊の悪意が見えたと言っていただろう？」

「うん」

私はパパの言葉に頷いた。そう、私は以前ママのお母様であるシャロン様に毒薬が盛られているのを見抜いたことがあるのだ。それはシャロン様の暗殺を企んでいた刺客と、そいつが持っていた薬から黒い煙のようなオーラが見えたから。

常態スキル【悪意の眼（あくいのめ）】によって、私の瞳は悪意を視認できるのだ。

パパはさらに尋ねてくる。

「今日会ったロベルスさんとナタリーさんからは、悪意は見えなかったかい？」

「え？　うーん……見えなかったと思う」

あんまり意識して見ていなかったけど、あの悪意の煙は見ていて嫌な感じがするのだ。

だから、悪意を持っていたなら気付くと思う。

「そうか……」

そう言ってパパは考えるように手を口元へ持っていく。

「今回ロベルスさんとナタリーさんが持って帰ったというリベリオンの情報なんだが、少し気になるところがあるんだ。アニエの手前、あまり疑いたくないけど、確認のためにね」

確かに、私もアニエちゃんのパパとママを疑うようなことはしたくない。でも、パパはこの国を支える新しい公爵だ。国を危険に晒す可能性は、なるべくなくす必要があるのだろう。

　私はパパに聞いてみる。

「何が気になるの？」

「これは絶対に口外しないって、約束できるかい？　フランやアネットにも」

　そんなに重要な話なんだ。聞いていいものなのだろうかとも思うけど、ここまで聞いたら気になってしまう。

「うん、約束」

　私の答えを聞き、パパは頷いて話し始める。

「今回の情報でわかったのはリベリオンの活動拠点のうちの一つと、次に仕掛けてくる作戦についてだ。まず最初に、拠点は王都から北西に四十キロほど離れた村だと報告が上がっている。だがこの村は、書類上では廃村になっているんだ」

「え？」

「それなのに実際に調査に向かわせた者の報告では、普通に村人が住んでいたそうだよ。村人の名前を確認したところ、もともとの住民ではなく、中には行方不明者の名前もあってね。普通に考えれば、行方不明者が廃村に居着いたとも考えられるんだが……」

　確かに気にはなる話だ。

　パパは続ける。

「そして、仕掛けてくる作戦について。リベリオンはどうやら魔物の群れを王都に攻め込ませようと計画しているらしい」

「な……」

魔物の群れを王都に⁉

そんなことされたら王都は大変なことになるんじゃないかな……。

「どれくらいの強さの魔物が攻め込んでくるのか、正確にはわからないが、ロベルスさんが持ち帰った情報が確かなら数はおそらく百を超える」

百⁉

驚いて表情を硬くした私を安心させようと、パパは優しく微笑みながら言う。

「だが、百体程度なら貴族家の力があればなんとかなる規模なんだ」

そ、そうなんだ。やっぱり貴族ってすごいんだね。

私はふうと息を吐いてからパパに尋ねる。

「じゃあ、何が気になるの？」

「ここからは僕の憶測でしかないんだけど、今までのリベリオンの手口の周到さを考えると、百体の魔物で攻め込んだとしても貴族家で対処できることくらい、奴らなら判断できると思うんだ。確かに百体という数は脅威だけど、それだけで国を落とせるなんていう甘い見通しは、あいつららしくない」

これまでリベリオンは何度も王都に攻め込んできていた。しかしそれでも尻尾を掴めないのは、やつらがとても慎重だから。それを考えるともっともっと裏の裏をかくくらいの準備があるんじゃないかと思うのは自然だろう。

パパはさらに告げる。

「あまりしたくはない想像だったんだけど、そうなると怪しいのは情報の出所、つまりロベルスさんだっていうことになる。でも、サキの目に何も映らなかったなら、取り越し苦労だったようだね。よかったというか、振り出しに戻ったというか……」

そう言ってパパは肩をすくめる。そんなパパを励ますように、ママは言う。

「あら、私はよかったと思っているわよ？　ロベルスさんとナタリーさんが生きていたなんて、とっても嬉しいわ」

パパもその点には同意なのか苦笑いしながら頷いている。

「二人は私たちが学生の時の先輩なんだけどね。接近戦においては右に出る者はいないほど、体術に長けた魔術師だったわ。私とフレル、それからミシュリーヌの体術の先生だったのよ」

パパとママの先生だったことは聞いていたけどミシュリーヌの先生でもあるのか……。

王城で見た時にはロベルスさんもナタリーさんもほんわかした雰囲気だったからちょっと想像がつかないかも。

「ロベルスさんの特訓はきつかった……うん、本当に」

そう言って、パパが虚ろな目をした。この目、オージェもよくしているからわかる。

乗り越えられたけど、もう二度とやりたくないことを思い出している時の目だ……。

「まぁとにかくありがとう。遅くに悪かったね。明日からまた学園だろう？」

「あ……」

そうだった、春休みは今日までだった。明日から学園生活が始まるのだ。

私は立ち上がって部屋の扉へ向かう。

「サキちゃん、お寝坊しないようにね」

「おやすみ、サキ」

「うん、おやすみなさい」

ママとパパの優しい挨拶を聞いて、私は部屋を後にした。

4 新学年の授業

長期休暇が明けて、久々の登校日。私はとてもワクワクしていた。

何せ、この世界に来て初めての進級だ。ちょっぴりお姉さんになったような気持ちになってしまう。

今日からは今までの教室から一階上がり、四学年教室で過ごす。私は一階分多く階段を上がり、新しい教室の中に入った。

同じ教室でも以前とは少し違うところがあって、テンションが上がっちゃうんだよね。

でも、三学年の教室には絶対なかったものがある。教室の後ろにある掃除用具入れの横に、別の箱があるのだ。

なんなんだろう、あれ。

そんなことをフランやアニエちゃん、それから久しぶりのミシャちゃんとオージェと話していると、前の扉から先生が入ってきたのでそれぞれの席についた。

「皆さん、四学年進学おめでとうございます。今年も皆さんの担任は先生でーす」

三学年の時と同じ女性の先生がいつものののんびりした感じで言った。

「それではさっそく授業を始めます。午前中の授業は魔法戦闘学です。ですが、三学年の時より内容が難しくなりますよー。四学年からはより戦闘を有利にするための魔法の開発と訓練を進めるからです。それから、武器の扱いの訓練にも入ります。皆さんは三学年で模擬戦の勉強をしたと思いますが、四学年からは模擬戦で武器の使用が許可されます」

先生は黒板にイラストを描きながら武器について詳しく説明していく。

「後ろの箱には学校で用意した武器が四種類入っています。あ、危険がないように全て木製ですよ？　剣に槍、弓、そして盾です。しかし、必ずこの武器の中から選ばなければいけないというわけではなく、自分で違う武器を用意しても構いません。あ、でも危険な武器の場合は使用許可書を書いてくださいね。場合によっては使用できないものもあるので、注意してください。これから戦闘の方針と武器について各々が考えた後に、訓練に入ります。まずは自分で自分に合う武器を考えてみてください」

先生がそう言うと、みんなそれぞれの戦闘を思い返しながらどの武器を選ぶかを思案し始める。

わ、私も何か考えないと。でも何を考えればいいんだろう？

「サキちゃん、何か悩んでる？」

私がうんうん唸（うな）っていると、先生が話しかけてきた。

「先生、私、何を考えていいのかわからなくて」

先生は「あぁ……」と何かを察したような声を出した。

いやまぁ、巨大化したクラーケンとかリベリオンと戦っている私にアドバイスするのが難しいのは、自分でもわかっているけど。

先生はしばらく考えた後に、いいことを思いついたとばかりにちょっとニコニコしながら聞いてくる。

「そういえばサキちゃんは他の先生のところでもお勉強をしているってフランくんに聞いたけど、その先生はなんて言ってるのかしら？」

先生は、他の先生がついている生徒に対して真逆のことや違うことを教えて、生徒を混乱させないように気をつけなきゃいけない。前の世界のスポーツ番組で、誰かがそんなことを言っていた気がするから、そういうことかな？

「今は新しい戦い方をマスターするために特訓をしています」

私が告げると、先生は興味深そうに聞いてくる。

「へぇ、何をしているの？」

「空中浮遊……」

「空中浮遊!?」

私の言葉を聞いて先生が驚きの声を上げた。

「先生?」

「はっ……な、なんでもないですよ。うーん……空中浮遊は難しいから、学園では武器の見直しなんてどうかしら?」

「武器の見直し……」

確かに、私は剣しか使えない。魔法で武器を作り出せるおかげで不自由したことがなかったから、それでいいと思ってたけど、せっかくだし他の武器にも挑戦してみようかな。

「先生、ありがとうございます。考えてみますね」

「え、えぇ……頑張ってね」

先生は引きつった笑みを浮かべて、他の生徒のところへアドバイスをしに行った。


その後、私たちは各々が選んだ武器を手に外へ出て、先生が口にする。

「さて、先ほどまで皆さんは自分の魔法や武器についてたくさん考えたと思います。続いては武器を用いて複合戦を行いましょう」

複合戦とは、武器か魔法の攻撃を二回当てることで勝利となる模擬戦のことだ。

先生が口笛を吹くと、学園で行う試合の判定をしてくれる鳥——レフさんが二羽飛んできて先生の肩にとまる。

「それでは最初のペアは……」

「はい、私やりたいです」

先生の言葉に、アニエちゃんが手を挙げた。

続いてフランが志願する。

「はい、僕がやります」

「それじゃあフラン君とアニエちゃんでやってみましょうか。二人とも前に出て」

アニエちゃんとフランが先生の指示に従って位置につく。

武器はアニエちゃんが細身の剣、フランが弓だ。

そういえば二人が武器を持って戦うところは見たことがない。体術戦の成績を考えると、アニエちゃんの方がやや優勢かな。魔法戦はフランの方が良い成績を収めていたけど。

フランの魔法の使い方はちょっと変わってるから、アニエちゃんはいっつもイライラしてた気がする。

その戦闘に武器が加わるとどう変わるんだろう。

「数歩下がってください。それでは、お互いに礼」

「「よろしくお願いします」」

先生に言われた通りに二人はお辞儀する。

「それでは、始めっ！」

先生の合図の声が響き渡った。

◆

「やぁ！」

模擬戦の開始と同時にアニエがレイピアで突きを放ってくる。

僕——フランは足に魔力を集めて飛び後ろに避ける。

アニエはレイピアの扱いが上手だったから、当然模擬戦もそれで来ると思ってたよ。

「甘いわ！」

アニエもそれを読んでいたのか、そのまま前進してさらに攻撃を仕掛けてくる。

魔法を使う隙(すき)を与えないつもりか。

でも、甘いよ。

「第二(ダブル)ウィンド！」

僕は足元に風を起こして上へ回避した。空中に移動しすぐに、闇魔法で姿を消す。

「【姿眩まし(クリアブラインド)】」

自分の姿を隠すだけなら従魔のウィムの力を借りなくてもできるようになったんだ。

「なっ⁉」

驚いてる驚いてる。

やっぱり、僕が魔法を使う前に先制攻撃したかったってところかな。

でも、後は丁寧に隙をつくだけで……。

僕は矢を番(つが)えて、放つ。

「……！」

しかしアニエは横に飛んで矢を避けた。

姿の見えない僕が真後ろから矢を放ったのになんでわかったんだろう……。

相変わらず、アニエは面白いね。

「第二(ダブル)フレア！」

アニエが矢の方向から僕のいる位置を予測して魔法で炎を放ってくる。僕は慌てて避けたけど、それによって集中が切れてしまい、姿を消す魔法が解ける。

学年トップは伊達(だて)じゃないね。

アニエが呆れたように言う。

「まったく。弓を選んだのはそういうことだったのね。本当にあんたは……」

「アニエだって、よく真後ろからの矢を避けられたね？　後ろに目でもあるのかい？」

「それは秘密……よっ！」

アニエは再びレイピアで攻めてくる。

弓で受けたり避けたりしながらしのいでいるけど、これもいつまで持つかわからないな。

でもサキのようになるには、こんなことで追い込まれちゃダメだ！

僕は風魔法でアニエの猛攻から抜け出し、体勢を立て直しながら再び作戦を練り始める——。

◆

「そこまで！　勝者アニエちゃん！」

先生が宣言して模擬戦が終わる。アニエちゃんとフランはお互いに頭を下げ礼をした。

「はぁ、はぁ、ありがとうございました」

「ありがとうございました」

二人の戦いはほぼ互角で、ギリギリでアニエちゃんのレイピアがフランを捉えて勝利した。

二人は汗だくで戻ってくる。

「まったく……あんたのその魔法、本当に意地が悪いわ」

「何を言っているのさ。アニエだって、すぐに対処しただろう？」

アニエちゃんが口を開けば、フランも言い返した。

「いい勝負だったよ」

私が二人を労うために声をかけると、アニエちゃんとフランはそれぞれの感想を述べる。

「私としては、もう少しスマートに勝ちたかったんだけどなぁ。フランの避け方が予測しづらかったわ」

「勝っておいてそれは酷いなぁ。僕はもう少し魔法と武器の組み合わせ方を考え直さないとね」

二人ともちゃんと反省して学んでいる。

すごいなぁ。私も頑張らないと。

「それでは次は……」

「はい、私がやります」

クラスのみんなを見回す先生に対して手を挙げたのは、ミシャちゃんだった。

ミシャちゃんが自分から名乗り出るのは珍しい。

「それじゃあミシャちゃんと――」

「私、サキちゃんに相手をしてほしいです」

「え？」

ミシャちゃんの発言に私は思わず声を漏らしてしまった。クラスのみんながざわつく。

正直に言うと、授業で私の相手をしてくれる人は中々いない。詳細は話していないが、私の能力の高さについてはみんななんとなく知っているからだ。

だから、ちょっぴり嬉しいかも。

「じゃ、じゃあ。サキちゃん、大丈夫かしら？」

「はい」

戸惑いながら尋ねてくる先生に私は返事をして、ミシャちゃんと一緒に前に出る……って、ミシャちゃんの武器すごくない!?

なんか大きい斧を担いでいるんだけど。

「あ、あの、サキちゃん。今回相手に選んだのは決してサキちゃんを嫌いになったとかではなくて……私の思いついたことが、どこまでサキちゃんに通用するのか試したくて……」

ミシャちゃんは少し心配そうな、慌てた様子で説明した。

なるほど、その思いついた作戦のための斧なのか。

「うん、大丈夫。私は何があってもミシャちゃんのことが大好きだよ」

「サキちゃん……胸を借ります！」

私とミシャちゃんがお互いに頷き合うと、先生が告げる。

「それでは手を合わせて、下がってからお互いに礼」

私たちが頭を下げ武器を構えると、先生は合図の声を上げる。

「それでは始め！」

「うーん……っしょ！」

ミシャちゃんは手に魔力を集めて、私に斧を振るう。

私が後ろに下がり避けると、遅れてぶんっという風を切る音が聞こえた。

さすがに斧は威力がある。一発が重たい武器は当たらないように注意しなければならないね。

私はそんなことを考えながらポケットから武器を取り出す。

「え？」

「なんだあれ」

「あんなので戦えるのか？」

私の武器を見たクラスメイトたちが、疑問の声を上げる。

私が取り出したのは三十センチほどの木刀だ。

「サキちゃん、いきますね！」

その間にもミシャちゃんの魔力が高まり、地面に青色の魔法陣が広がった。

【水のお洋服】（アクアドレス）！」

水がミシャちゃんを包み、その名の通り透き通った服を着ているような状態になる。

その後、ミシャちゃんは一歩で私と距離を詰めて、斧を振り下ろす。

「やぁ！」

「えっ？」

先ほどとは速さが全然違う。

斧もさっきは両手でやっと振るえている感じだったのに、今は片手だ。

そうか、あの魔法――自分を強化するための魔法か。魔力を体の一部分に集めて身体能力を上げる魔力操作で筋力を強化することで、力がないミシャちゃんでも斧を軽々扱えるんだ。

「まだまだです！」

強化後、最後の一撃を避けた私に、ミシャちゃんがぶんぶんと斧を振り回しながら攻めてくる。

ちょ、ちょっと怖い。

「やあぁぁぁ！」

こんなに必死なミシャちゃんも珍しい。でも、いつまでも受けに回っていられない。

それじゃあ、私もそろそろ攻撃しようかな？

「ネル流武術スキル・【花ノ型・柳】」

私は斧を避けながら懐に入り込み、ミシャちゃんのお腹を斬りつける。

しかし攻撃は当たったはずなのに、審判をしている鳥のレフさんは鳴かない。

そうか、あの水の服のせいでギリギリ届いていないんだ。

だったら次に狙うのは――

斬られたのに依然としてミシャちゃんは私に向かってくる。

私も試させてもらうよ。

「ネル流剣術スキル……【蝶】」

ミシャちゃんの攻撃を全てかわして後ろへ回り、蝶のように舞うスキルで彼女の首に向けて木刀を振るう。

まぁ、木刀だから斬れないけど。

先生からアドバイスをもらってからネルと思念伝達で会話をしながら考えたのは、素早く発動できる剣術スキルを軸にした戦い方。首などの一撃で致命傷になる箇所を狙うことで、隙を小さくしつつ大きなダメージを与えることができるはずだ。

「ピィ！」

レフさんが短く一度鳴く。

模擬戦は二回攻撃を当てないと勝利にならない。レフさんは一回目の攻撃が当たった時には短く、二回目は長く鳴いて教えてくれる。

「くっ……まだです！　まだ負けてません！　第二(ダブル)アクア！」

ミシャちゃんは私を水のドームに閉じ込めた。

しかし、私はドームの天井を炎魔法で蒸発させ、魔力操作で強化した脚力を使い跳躍してそこから脱出する。

「第三(トリル)フレア」

ミシャちゃんの魔法は威力があまりないが、長く放っておくと手がつけられなくなることが多いので、早々に手を打たねばならない。

「第一(シグル)エレクト」

私は空中で人差し指をミシャちゃんに向け、そこから雷を飛ばした。

「きゃっ！」

できるだけ痛くないように弱めの雷を飛ばしたので、ダメージはなく、効果はせいぜい全身に静電気が走るくらいだと思うけど、痛みに驚いたのかミシャちゃんは尻餅をついた。

レフさんが再び鳴く。

「ピィー！　ピィー！」

「そこまで！」

先生が手を挙げ模擬戦の終了を告げると、私はミシャちゃんのところへ向かう。

「ミシャちゃん、大丈夫？」

「あいたたた。はい、サキちゃんの魔法よりもお尻が痛いです……」

そう言ってミシャちゃんはお尻を撫でている。

「やっぱりサキちゃんは強くてかっこ可愛いですね」

ミシャちゃんは満足そうに笑った。私は手を差し出して、ミシャちゃんを立たせてあげる。そして二人でみんなのところへ戻った。

初めての武器を使った授業は、概ねみんなが満足のいく形で終わった。勇者様に憧れてか扱いきれない大きな剣を選んでしまい、相手の子のなすがままになってしまったオージェを除いて。

◆

今日は月に一度の公爵会議の日だ。

「皆、集まっているな」

会議のために用意された王城のとある一室に王様が入ってきた瞬間、侯爵家の当主たちは全員席を立った。

僕――フレルはアルベルト公爵家の当主になった今、この会議に出ることも大事な公務である。と言っても、他の公爵当家主とは何度も顔を合わせているし、緊張はさほどない。

王様は僕たちに座るように促し、自分も椅子に座ると告げる。

「んじゃ、会議始めっかぁ」

「王様、新しく参加する当主もいるのです。そのような態度はお控えになってください」

そう言って王様に注意するのは、クリスティさん。平民区を治めるクロード家を引っ張る、女性当主である。

彼女は歴代の当主の中でも上位に来るほどの魔法の実力を持っているらしい。だから王様も一目置いていて、王様に対してやや厳しい発言をしても許されている。

「んだよ、いいじゃねーか。今日は朝から侯爵家のやつらにブルームについての説明やらなんやらさせられて疲れてんだ。ったく、継承からひと月も経ってんのにぐちぐちと言いやがって」

「い、いやぁ……なんかすみません」

そう言って、ロベルスさんが苦笑いをしながら謝るが、クリスティさんがそれを手で止める。

「いえ、あなたが謝ることではありません。もともと王様が急遽、お決めになったことですので」

「おいおい、クリス。これでも俺は人を見る目はあるって自負してんだぜ？　なんたってブルームは『奇跡』を起こす家だからな。その人選を間違えたつもりはないいさ」

王様が言っているのは、初代王が公爵家を決めた時の伝承のことだろう。

昔、王国が滅亡しそうになった際にブルーム家が奇跡を起こし王国を救ったという伝承。だからブルームの象徴は奇跡を意味すると言われている青色のバラなのだ。

「人選に文句をつけているのではありません。急に決めて、急に動くことに対して異義を申し立てているのです」

クリスティさんは王様をじとっと睨んで言った。

あぁ、きっとたくさん手伝わされたんだろうなぁ……運んだ資料の中に、いくつか王様のではない文字があったし。

「ま、まぁまぁクリスティさん。今日の会議を始めましょう」

このままだと話が始まらなそうだったので、僕は会議を始めるように促した。

クリスティさんはまだ何か言いたそうではあったけど、ため息をついて言葉を呑み込む。

「それでは、公爵会議を始める」

王様の号令で会議が始まった。

「今日の会議の内容は、ロベルスが持ち帰った情報についてだ。リベリオンの支部に関する情報を共有しつつ、その対策について話し合いたい。行方不明者が住みついているなど村には未だに謎めいている部分が多いが、それについてどう思う？」

王様が言うと、クリスティさんは考えるように手を口に当てる。

「行方不明者が村にいて、変わらずに生活していたという報告ですか……廃村になった理由は自然なものでしたし、ここが基地となっているのなら村人全員がリベリオンの組織の者、もしくは協力者であると考えた方が良さそうですね。単に国への報告義務を怠ったということも、考えられなくはないですが……」

クリスティさんの話をロベルスさんが遮る。

「それが、そうでもないみたいなんです」

「というと？」

「僕と妻は賊を追い、その村へたどり着きました。そして、その村で生活しながらリベリオンの情報を集めたのです。しかし、村人たちはリベリオンとは一切関係なかった。七年も世話になりましたし、余所者である私や妻に対してもとても親切で気のいい人ばかりで……とても国家反逆組織に加担しているとは思えません」

「そうですか……でも、そんな村の中にリベリオンの基地があったわけですよね？」

クリスティさんが尋ねると、ロベルスさんは頷く。

「村の中に不審な動きをしている者がいたので、後をつけてみたんです。すると村の中の空き家の一つが入り口になっていて、地下に基地があることを突き止めました」

「なるほど……では、やはり村人も共犯の可能性が高いのでは？」

「な、なぜですか？　村人は何も――」

さらに質問を重ねてきたクリスティさんに、ややたじろいだ様子のロベルスさん。

クリスティさんは続ける。

「ロベルスさんが村にいた七年もの間、不審者が出入りする空き家を村人の誰も気にしないというのは、あまりにも不自然です。なんらかの魔法をかけられている、もしくは村人全員がリベリオンの関係者と考えるのが妥当でしょう？」

「そうですが……」

口ごもるロベルスさんを一瞥した後、クリスティさんは提案する。

「王様、村人を一度、捕らえてはどうでしょうか」

「なっ!?」

クリスティさんの案にロベルスさんが驚いていた。

僕も内心びっくりしたが、よくよく考えるとクリスティさんの案は効果的な策かもしれない。仮に村人が共犯だとしたら、関係者を基地から引き離すことができるのだから。

しかし……。

「無茶苦茶だ！　罪のない村人を捕らえるなど！」

叫ぶロベルスさんに対し、クリスティさんは淡々と続ける。

「確かに無茶苦茶に聞こえますが、そもそも村人は皆、廃村に住み、報告を怠っています。つまり少なくとも七年は土地の無断使用をし、納税をしていないことになります。捕らえる理由としては十分すぎるのでは？」

「そ、そうですが！　あまりにも急すぎる！　村人にその旨を伝え、王都に召集するという正規の方法を取るべきです！」

声を大きくして反論するロベルスさんに、クリスティさんは冷静に対応する。

「あなたは、状況をわかっているのですか。いつ攻めてくるかもわからない魔物の軍勢が控えているのです。百体の魔物など王国貴族の敵ではありませんが、国民に被害が出る可能性があるのなら、早めにその芽を摘むことも、公爵家として当然の使命でしょう。それに、王都へ来た村人にリベリオンが交ざっている可能性も――」

「二人とも、落ち着け」

ヒートアップしていく議論を、王様が止めた。そして僕を正面から見つめる。

「フレル、お前はどう思う」

はぁ、目を見てわかってしまった。

あれは「お前がなんかいい案出して、この場を収めろ。俺は飽きてきた」って目だ。

僕はため息をつきたい気持ちを抑え、口を開く。

「そうですね、クリスティさんとロベルスさん、どちらの言い分も正しいと思います。しかし、どちらにもいい点と悪い点がある。クリスティさんの案は確かにリベリオンへの対策としては効果的でしょう。しかし、それでは村人たちから反感を買いかねない。さらに近隣の村へ余計な心配をかければ、少なからず別の領地にも影響は出てしまいます。そういう意味ではロベルスさんの意見は正しいですが、対応スピードが落ち、さらにリベリオンへこちらの情報を渡して準備する時間を与えてしまうリスクがありますよね」

僕の話に、クリスティさんとロベルスさんは小さな声で反応する。

「それはそうですが……」

「ではどうすれば……」

「私に考えがあります。まずリベリオン討伐隊を結成し、魔物の群れを討伐するという口実で村へ向かうのです。村人には魔物が発生し、さらには廃村に住んでいることが違法になる可能性があると伝え、そこの領地を治める貴族のもとへ向かうように促します。保護も兼ねていると言えば、村人は全員動くはず。そこで村から出るのを渋るようであれば、リベリオンの一味であると判断して対処するというのはいかがでしょうか？」

僕の意見を聞いて、二人は考える。そして、それぞれ頷いた。

「確かにそれなら正当に村から村人を動かすことができますね」

「私も、それなら構いません」

クリスティさんとロベルスさんが納得したのを見た王様は頷いた後、農畜産区を治めるカルバート家の当主――リブラムさんに意見を求める。

「リブラム、お前はどう思う？」

「んあ、王様……呼びました？」

「お前、やっぱり寝てたな」

「「はっ？」」

王様の発言に僕とロベルスさんが驚きの声を発し、クリスティさんはため息をついて言う。

「リブラムさん……会議のたびに居眠りをしないでいただけますか」

「いや、小難しいことはわかんねぇすから。王様がいいって言うなら、いいんじゃないっすかねぇ？」

前々からのんびりした穏やかそうな人だとは思っていたけど、まさか会議中に居眠りするとは……。

「お前に聞いた俺が馬鹿だったよ……よし、わかった。この一件は発案者のフレル、そして情報を持ち帰ったロベルスに一任する。クリスティとリブラムはフレルが作戦を立て次第、魔物討伐の準備を進めろ。今日の会議は以上だ」

王様がやや強引ではあったが、話をまとめた。

さて、当主になってからの初めての大仕事だ。気合を入れないとね。それに、今回の件にはミシュも関わっているかもしれない。確かめないといけないことがあるんだ、キャロルと一緒に。

僕は決意を胸に、会議室を後にした。


会議の日の夜。

僕は自分の部屋で、今回のリベリオン基地制圧の作戦をまとめた資料を読み返していた。

今回の作戦は多くの人員を基地外の見張りに当てつつ少数精鋭で基地内に潜入し、敵の作戦を確実に潰(つぶ)すというものだ。

潜入するのは僕とロベルスさん、それからできればでいいが、ナタリーさんにもメンバーに加わってもらいたい。基地の広さは報告の限りではあまり広くはなさそうだ。だからこそ、内情を知り、かつ体術などの接近戦を得意とする二人がいれば心強い。

そんなことを考えていると、扉がノックされた。

「フレル、私よ」

「キャロルか、いいよ。入っておいで」

扉が開き、キャロルが姿を見せる。

「どうかしたのかい？」

「今日の会議、どうだったの？」

キャロルの質問に、僕は今日の会議で決まったことを伝える。

「あぁ、リベリオン基地制圧の作戦は僕が指揮を執ることになったよ。ロベルスさんもそれでいいって言っていたし」

「そう……あ、あのフレル……私っ」

「大丈夫だよ、キャロル。今回は君も一緒に来てほしいと思っているんだ」

「フレル……」

ミシュがリベリオンのもとへ行ってしまった時、キャロルは気絶してしまっていた。友人を止められなかったことをキャロルがすごく後悔していたのを僕は知っている。

「君は自分の失敗を許せない人間だからね。きっと今回の作戦にもミシュが関わる可能性があるなら参加させろと言うと思っていたさ」

「な、何よ……わかったようなこと言って」

怒ったようにそっぽを向くキャロルに、僕は苦笑する。

「わかるさ、夫婦なんだからね。でも、僕は今でも悩んでいる。今回、確実にミシュが関わっているとは言い切れないし、もし君が酷い怪我をしたらと思うと……」

「そうね、でも、私は苦しんでいるかもしれない友達を放ってはおけないわ」

まっすぐ僕を見つめるキャロルの目は、昔と変わらず力強い。

「それに、確実にミシュがいないとも言い切れないでしょ？　きっといるわよ」

そう言って笑うキャロル。こういう楽天家なところも、昔と変わらない。

ついつい僕も昔みたいに笑ってしまう。

「それじゃあ、準備をしておいてくれ。作戦は二週間後だ」

「わかったわ」

キャロルは返事をして部屋を出ていった。

「絶対に失敗はできないな」

僕はもう一度、作戦に穴がないかを確認すべく、資料を一から読み直した。

◆

「たぁ！」

「そうだ！　いいぞアニエス！」

進級してからもうそろそろで二ヵ月だ。

今日は学園が休みなので、私――アニエスは庭でパパに体術の稽古をしてもらっている。

本当は王城でパパが見せた魔法陣を割る技を習いたかったのだけど、ちゃんとした体術を身につけてからじゃないと危険だと言われて、こうして稽古をつけてもらっているのだ。

最初はすぐに実力を見せつけて、あの技について聞こうと思っていたんだけど、パパは私の拳をあっさりと受け止める。

パパが強いのは知っていたけどちょっと悔しいわ……。

「ロベルス様」

屋敷の方から執事のセバサさんが歩いてくるのを見て、私は一度手を止める。

パパがセバサさんに尋ねる。

「どうした」

「アルベルト家のフレル様がお見えになっております。会議の内容についてのお話だそうです」

「わかった、すぐに行く。すまないアニエス。稽古はまた今度続きをしよう」

「……わかったわ」

私が返事をすると、パパはセバサさんと一緒に部屋に戻っていった。

パパは公爵家当主になったところだし、私がわがままを言って迷惑をかけるわけにはいかない。

「はぁ」

わかってはいるけど……やっぱり少しだけ寂し――

「どうしてため息をついてるんだい？　アニエ」

「きゃあ！」

急に声がして振り向くと、フランが立っていた。

「フ、フラン……なんでいるのよ」

「父様がブルーム家に行くって言うからついてきたんだよ」

「そう、サキやアネットちゃんも来てるの？」

「いや、今日はサキがアネットにつきっきりで魔法の指導をしているんだ。だから僕は、アニエに特訓の相手でもしてもらおうかなって」

「そういうことね。まぁいいけど。武器の稽古でもする？」

「それでいいよ」

私はメイドのソレアさんに木刀とフランのために弓を取ってきてもらった。

フランはあの授業から、弓を使った近距離での戦い方をサキに習っている。サキはキュージュツ？　って呼んでたけど、勇者に憧れて慣れない大剣を使うオージェをフランがコテンパンにしてたっけ。

フランの弓の扱いはサキに比べたらおぼつかないけど、まだ習ってちょっとなのに、形にはなっている。いつも習ったことはそつなくこなすやつだし、今さら驚きはしないけど。

私たちは魔法を使わずに武器のみでの特訓を始める。

私の初撃を弓を使っていなしながら、フランは口を開く。

「最近、アニエは気持ちに余裕があるように見えるね」

「そうかしら？　自分ではわからないけど……でも、焦る気持ちはなくなったかも」

フランが放つ矢を避けつつ私は突きを繰り出す。

すると突然、フランがよくわからないことを言い出す。

「なんだか最近のアニエを見てると、たまに違和感を覚えるよ」

「はぁ？　何それ」

私は言葉を返しながら木刀を振るが、フランはそれを弓で上手く受け止める。

「……この前の対抗戦、オージェのミスに何も言わなかったよね？」

フランはさらについ先日行われた私たちにとって二度目のクラス対抗戦での、私の対応をとがめてきた。ちなみにクラス対抗戦とは、学年ごとにクラスの中で五人チームを組み魔法などを使って競技をする学園行事のことだ。

「それは、私がカバーすればいいだけだし、私だっていつもいつも怒っているわけじゃ――」

「アニエ、君はリーダーだったんだよ？　オージェの六回あったミスのうち三回は同じミスだ。君がいつものように注意していれば、オージェだって同じミスをしなかったかもしれないじゃないか」

「何よ、気が付いているならあんたが注意すればいいじゃない。私が言わなきゃいけないってことでも……ないじゃない」

言いながら、私は自分が正しくないと感じていた。

「さっきも言ったけど、君はリーダーなんだよ。僕らアニエスチームのね。これまでのアニエならすぐに注意していたよ。それに最近の特訓でもどこか気を抜いているように見える。この前の特訓でミシャに一度負けてるのがいい証拠じゃないか」

「それは！　……ミシャのあの魔法がよかったんじゃないの」

私は手を止めて、フランに言った。

私はいつも通りに頑張っているし、何も変わったつもりはない。変わっていない……はずだ。

「大型斧との戦闘を想定できない君じゃないだろう？　ましてや相手は接近戦が苦手なミシャだ。

それなのに――」

「うるさいわね！　私はいつも通りよ！　いつもと何も変わらないわ！　体術も剣も魔法もいつも通り……」

いつも通りの私？　本当に？　それじゃあどうしてミスをしたオージェの脇腹へ蹴りを入れなかったのか。なんでミシャの攻撃を上手くかわせなかったのか。

近くで見ていたサキはそんな私のことをどう思っていたのか……。

私は……。

「最近のアニエを見てるとすごく幸せそうなのがわかるし、いいことだとは思っているよ。でも、僕は去年のアニエの方がリーダーとして優れていたように思う」

フランは私のことを見つめながら言った。その言葉に、胸の中がかぁっと熱くなるのを感じる。

「あんたに何がわかるのよ……」

「アニエ……」

「なんの苦労もなく公爵家の子供として育てられてきたあんたに……私の何がわかるって言うのよ！　わかったようなこと言わないでよ！」

私はフランに大きな声で叫ぶ。

復讐っていう目標をなくした最近の私は、今の幸せな生活に甘えてしまっているかもしれない。

オージェのミスを指摘しなかったのは、きっとパパとママに活躍する自分の姿を見せるのに必死だったから。ミシャに負けたのは、たぶん……家に帰ったらパパとママと何を話そうとか、そういうことを考えて判断が遅れたから。

こうして思い返すと、フランは正しいことを言っている。

戦術学のテストでは、油断や不注意は最悪の事態を招くこともあるって書けたのに……今の私はその通りに行動できていない。今、フランに大きな声を出したのも、正しいことを他人に言われてしまったから、八つ当たりしちゃったんだと思う。

わかっている。わかっている！　でも……。

しばらく沈黙が続く。

すぐに謝ればいいと頭ではわかっていても、先に感情的になって声を上げてしまった私には、その選択肢を選べなかった。

「おーい、フラン。もう帰るよ」

屋敷の方からフレル様の声がして、フランは声の方を向いた。

「アニエ、ごめん」

フランは一言謝って、歩き出した。

なんの変哲もない謝罪の言葉が、私の心に深く突き刺さった。

◆

「ということで僕とキャロルは明日からリベリオン基地制圧に出かけてしまう。三人は父さんの言うことをよく聞くんだよ」

ある夜、パパによって私——サキを含めたアルベルト家のみんなが集められ、そう告げられた。

どうやら、ロベルスさんの情報をもとにリベリオン基地を攻める作戦が実行されることになったらしい。

「父様……」

「お母さま……」

フランとアネットが心配そうな声を漏らすと、ママが安心させるように言う。

「フラン、アネット。そんなに心配しないで。大丈夫よ、こう見えて私たちは強いんだから」

「あぁ、必ずみんなのところへ帰ってくるから、安心して勉強するんだよ」

パパも笑みを浮かべて告げた。

「うん……」

「はいですわ……」

パパとママがフランとアネットを抱きしめると、二人はまだ不安そうに返事をした。

そして、パパとママは私の方を向く。

「サキちゃんも、心配しないでね？」

「してない。ママは強いから」

私がそう答えると、ママは優しく微笑んだ。パパも私の顔を覗き込んで言う。

「サキ、僕も一応キャロルと同じくらい強いんだよ？」

「でも、前にママに言い合いで負けてた」

私がそう言うと、パパは少し眉をひそめた。

「そ、それはねサキ……」

「ふっふっふ、いつの時代も母親っていうのは強いものなのよ」

「まったく……まぁ確かに、キャロルには敵わないことだらけだけどね。でも大丈夫、戦闘に関しては僕だって頼りになるはずだから」

その言葉を聞いて私は頷く。

「うん。パパの心配もしてないよ」

「あぁ、信じて待っていてくれ」

パパとママは二人で私を抱きしめてくれた。

あったかい。

この二人ならきっと大丈夫。

もちろん、本当に心配をしてないわけではない。でも、この世界に来てから二人にはたくさん私を守ってもらっている。だから、安心できる。

「それじゃあ、三人とも部屋へ戻りなさい。ゆっくり寝て、明日からまたたくさん勉強と特訓をしなさい」

ママに言われて、私たちはそれぞれの部屋へ戻った。

いつものようにベッドへダイブすると、それに合わせてネルもネル用の布団に座る。

「ネル、パパとママは大丈夫だよね？」

『相手の戦力が把握できていないので、なんとも言えません。ですが、サキ様が大丈夫だと思うのであれば、大丈夫だと思います』

「そう……だよね」

大丈夫、きっと。あの二人なら。

そう考えていると、部屋がノックされた。

「お姉さま、アネットですわ……」

「アネット？　どうぞ」

アネットは扉を開けて、部屋へ入ってくる。アネットはいつも使っている枕を抱きしめていた。

「お姉さま、すみません……今日はアネットと寝ていただけませんか？」

「……いいよ。おいで」

アネットは私のベッドに横になる。私も着替えてからその横に身を横たえ尋ねる。

「パパとママが心配？」

「はい。お父さまとお母さまが強いのはわかってますの。でも……お婆さまを助けてくれた時のお姉さまのように大怪我をするのではないかと、心配でたまりません……」

そう言ってアネットは私にギュッと抱きつく。

そうだよね、怖いよね……自分の両親が命の危険があるところに行っちゃうんだもん。

私はアネットを安心させるために頭を撫でながらしばらくお話をする。それから少ししてアネットは眠りについた。

パパとママは、私たちがまだ眠っている時間に屋敷を出発する。

きっと無事に帰ってくると信じて、私も目を閉じた。

ロベルスさんも行くらしいけど、アニエちゃんは大丈夫かな……。

私はふと、彼女のことが心配になった。

◆

フランと言い争いしてしまってから二週間が経った。

学校ではみんなに心配をかけまいと、普段通りに振る舞ってはいるが、私——アニエスの心にはずっとフランの言葉が引っかかっている。

今日も夕食を終えて部屋で勉強をしていたが、イマイチ身が入らずにため息をつく。

「なんの苦労もなく育てられてきた……かぁ」

そんなわけないのに……なんの苦労もしていない公爵家の子供なんているわけない。私はそれをよくわかっていたはずなのに……。

公爵家の養子として迎えられ、間近で公爵家の子供を見てきた。そして、一年前の対抗戦で違法な薬の効果からアンドレを救うために彼の精神世界に入って過去に触れて、私は苦労のない人なんていないんだって知ったはずだった……。

「どうしてあんなこと言っちゃったんだろ……」

私はなんでこんなにイライラしているんだろう。

あいつにイライラするのはよくあることだけど、今回のはなんか違う。

「アニエス、ちょっといいかい？」

悩んでいたら、扉外からパパの声がした。

「どうぞ」

私の返事を聞いて、パパとママが部屋に入ってきた。

「あら、勉強中だったかしら？」

「大丈夫、少し休憩しようと思ってたの」

私がママに答えると、パパが告げる。

「それならよかった。少し話があるんだ」

そう言って、パパとママはベッドに腰掛ける。

「何？　話って」

「アニエス、僕とナタリーは明日からリベリオン基地制圧の任務にあたることになった」

「え……」

一瞬、何を言われたのかわからなかった。

リベリオン？　前にサキを襲った国家反逆組織？

その基地制圧って……戦うってこと？

「どのくらいかかるかわからないけど、すぐに――」

話を続けようとするパパを、私は遮る。

「な、なんで……なんでまたパパたちが」

「僕たちが情報を持ち帰ったからだ。内情を知っている僕たちが一緒に行くのがいいという判断だと思う」

「で、でも！　戻ってきたばっかりのパパとママが行かなくても！」

私は何を言ってるの？

お仕事なのになぜ引き止めているの？

「せっかく帰ってこられたのに……」

気が付けば私は涙を流していた。

これは私のわがままだ。私は今、パパとママが離れていくことが不安でしょうがない。

この幸せな生活がまた壊れてしまうのではないかと、ずっと夢見ていた親子の時間を失ってしまうのではないかと、私の心は締めつけられるように苦しいのだ。

「すまない。七年前も今も……君を置いて勝手に行ってしまう、自分勝手な親だと思うよ」

そう言ったパパに私は涙でぼやける目を向ける。

パパがすごく困った顔をしていた。

そうだ。パパとママだってそんな危ないところに行きたいわけがないんだ。

私は目元をごしごしと拭いて、改めてパパとママを見て口にする。

「パパ、ママ、わがまま言ってごめんなさい。でも、私はパパとママがまたどこかに行っちゃうんじゃないかって心配なの。だから、約束して。絶対に帰ってくるって」

「アニエス……もちろんだ。こんなに可愛い娘を、二度も置いてけぼりになんてしない。ちゃちゃっと済ませて、すぐに帰ってくるよ」

「そうね。帰ってきたら、みんなでいっぱい遊びましょう」

笑顔を向けてくるパパとママに、私は前にサキに教えてもらったように小指を出す。

「約束……なんだから。ん」

「ん？ なんだい、それは」

「友達に教えてもらったの……約束を守るおまじないなんだって」

「へぇ、こうかい？」

「私も〜」

パパとママは私と同じように小指を出す。

それをなんとか三人で結ぶ。

「ゆーびきーりげーんまん、うそついたらはりせんぼんのーます」

「え!? 針を呑まされるの!?」

「そ、それは……なかなか重い覚悟だね」

ママとパパの反応を見て、私は思わず笑ってしまう。

「ふふふ、私も最初そう思った」

その後、私たちは三人で笑い合った。

今回はきっと大丈夫よね？　すぐに帰ってくるよね？

私は自分の心に言い聞かせた。

「パパ、ママ……今日、一緒に寝てもいい？」

「当たり前じゃない！」

「そうだな。今日は三人で寝よう！」

私たちは私の寝室へ行き、私を真ん中にして、三人でベッドに入る。

ママに頭を撫でてもらい、パパに面白い話をたくさんしてもらいながら、私は気が付けば眠りに落ちていた。


「ん……パパ？　ママ？」

ふと目が覚めると、寝る前に感じていた温もりがない。ベッドに二人はおらず、辺りを見渡しても姿は見えなかった。

窓の外は暗い。まだ夜中だよね？

私は二人を捜し、部屋を出た。

お手洗いにでも行ったのかと思って廊下を歩いていると、二人を見つけた。パパの声が聞こえてくる。

「計画通り明日、アルベルト家二名、侯爵三名、伯爵五名を連れてそちらへ向かう」

何？　誰と話しているの？

廊下にはパパとママしかいないし……。

でも、二人が話す内容としては違和感がある。

「公爵家が一つ消えれば作戦成功の確率が上がる。邪魔が入らぬように、準備を怠るな」

その言葉を聞いて、私はとっさに廊下の柱に身を隠す。

なんらかの魔法で、誰かと連絡をとっている？

「それで、今後の作戦についてだが――誰だっ⁉」

すると、パパが急にこちらを向いた。

「っ⁉」

背筋がぞくっとする。今パパから感じられるのは敵意だ。薬を呑んでいたアンドレと相対した時のように、肌がピリピリとする。脳内で警報が鳴っていた。

逃げないと……！

そう思って私が振り返った瞬間――

「アニエス、こんなところで何をしているのかしら」

「ひっ⁉」

さっきまでパパと一緒にいたはずのママが私の後ろに立っていた。

「うっ」

突然首に強い衝撃が走って、体の力が抜けていった。

「知られたからには連れていくしかないな。まぁ荷物にでも隠せばわかるまい」

床に倒れ、パパの声を聞きながら私は気を失った。

5　友達のいない日

パパたちが基地制圧へ向かってしまったとしても、私たちは普通に登校しなくちゃならない。不安そうにしていたアネットと別れ、私――サキとフランは教室に入りみんなに挨拶する。

昨日はあんなに心配そうにしていたフランは、教室に入るといつも通り振る舞っている。なんというか弱みを見せない毅然（きぜん）とした貴族の風格を感じた。

「あ、フランくん、サキちゃん、おはようございます。あの、アニエちゃんを見ませんでしたか？」

教室にいたミシャちゃんが声をかけてきた。オージェも一緒だ。

「アニエ？　いや、見てないよ」

フランが答えると、ミシャちゃんは心配そうな表情を浮かべる。

「そうですか……どうやらまだ来ていないみたいで」

「珍しいっすよね、いつもは一番に来ているのに」

オージェが両手を後頭部で組みながら呑気（のんき）に言った。

確かに珍しい。アニエちゃんはいつもクラスで一番早く登校し、その日の授業の予習をしているから。

そういう努力があるから、私は実技以外の成績でアニエちゃんに勝てたことがない。

「風邪とか？」

私が口にすると、オージェが聞き返してくる。

「アニエがっすか？　あんな自己管理の鬼みたいなのが風邪ひいたら逆にすごいっすよ」

「確かに……」

アニエちゃんは普段から体調管理を徹底している。

実際、去年は一度も休んでいなかった。

「まぁ、アニエだって人なんだから、風邪くらいひくさ」

「そうですけど……最近のアニエちゃんはどこか悩んでいるようにも見えましたし」

「それは……」

ミシャちゃんの言葉を聞いて思い当たることがあるのか、フランは口ごもった。

そのタイミングで先生が教室に入ってきたため、話は中断される。

「はーい、皆さん。席についてください」

ホームルームで出席の確認が行われたけど、アニエちゃんの休みの理由は先生も知らないらしい。

まぁ、電話があるわけでもないから、当日に欠席連絡をするのは難しいと思うけど。

その日は、アニエちゃんがいつも担当している授業の最初と最後の号令をフランが代わりに担当することになった。

アニエちゃんがいないせいでどこか物足りない授業を終えた後、私、フラン、ミシャちゃん、オージェの四人はいつも通り訓練場で特訓をしていた。

「おりゃああぁぁぁぁ！」

オージェが大剣の形をした木刀を持って、私へ向かってくる。

でも、ただでさえ単調なオージェの動きが重たい大剣のせいで遅くなり、余計に動きが予測しやすい。

「ネル流武術スキル……【空ノ型・流翔羽転】」

私は向かってくるオージェの力を利用して、背負い投げの要領で彼を投げ飛ばす。

「ぐえぇ！」

背中から床に落ちたオージェにたたみかけて攻撃する。

「ネル流剣術スキル……【楪】」

私はオージェに馬乗りになり、首に向けて小刀の木刀を振るう。

寸止めはちゃんと忘れない。怪我しちゃうと大変だし。

「ひぃっ！」

「そこまで！　サキ、相変わらず容赦ないね……」

横からフランの声が聞こえた。

小太刀は持ち運びが楽で、武術スキルと組み合わせやすいから、私には合っているかもしれないね。

「アニエちゃん、今の技どう――」

いつも新しい技を使うとアニエちゃんが褒めてくれるので、褒めてもらおうとつい横を向いちゃったけど……アニエちゃんは今日、欠席しているんだよね。

ミシャちゃんが元気のない様子で口を開く。

「やっぱりアニエちゃんがいないと、特訓もなんだか違和感がありますね」

「そうっすね……とにかくサキ、この木刀どけてほしいっす……」

オージェに馬乗りになったままだったことに気付いた私は、謝って彼の上からどく。

結局みんな身が入らなかったので、少し早かったけど今日の特訓はこれで終了となった。

その後、私とフランは屋敷に戻ることにした。でも、特訓が早めに終わった今日はまだ私たちの迎えの馬車は到着していない。仕方がないので、フランと一緒に門の前で待つことにした。

「それにしても、アニエは今日どうしちゃったんだろうね」

「うん、ちょっと心配。そういえば朝、何か言いかけてなかった……？」

「え？　あぁ……ミシャが最近のアニエが悩んでるように見えたって言っていただろう？　たぶん、それは僕のせいなんだ」

私がフランに尋ねると、彼は思い出したように答える。

「え？」

「この前、父様がブルーム家の屋敷に行った時、僕もついていっただろ？　そこでちょっともめてね……前の対抗戦でなんでオージェのミスを注意しなかったのかって指摘したところから始まって、今のアニエは去年よりリーダーに向いていないって言っちゃって……」

そんなことがあったとは……フランはさらに続ける。

「そこで僕も言われちゃったよ。公爵家の子供として、なんの苦労もせず育てられた僕に何がわかるのかって」

確かに、最近のアニエちゃんは前よりも張り詰めた感じがない分、少しリーダーとしての雰囲気もなかった気がする。いや、今までがしっかりしすぎていたんだと思うけど……。

でも、まさかフランにそんなことを言うなんて。環境が変わって色々不安定になっているのかな。

「僕はアニエが幸せそうなのはいいことだと思うよ。でも、最近は不注意なところが多かった気がするんだ。だからつい、ね。アニエとはそこそこ長い付き合いだし、そういうことを言えば怒るのはわかっていたんだけどさ」

少し反省したように言うフラン。

二人の問題だし、人間関係にうとい私としては、そこら辺のことは何もアドバイスはできないけど、でも……。

「私はフランのこと、すごいって思うよ」

「え？」

渇いたような声を上げるフランに、私は言葉を継ぐ。貴族としてのアドバイスはできないけど、これだけは伝えたい。

「前にアニエちゃんに、なんで公爵家の養子になったか聞いたの。内緒の話だから詳しくは言えないけど、その理由はあんまりいいものじゃなくて……でも、私はそれを聞いて悲しむことしかできなかったの。友達って一緒に笑ったり、泣いたり……そういうことができる人のことを言うんだろうけど、それだけじゃないと思うの。本当の友達は困っている時に助け合えて、間違ったら正してあげられる人だと思う。たとえその間違いを注意して関係が壊れたとしても」

前の世界でも、人間関係で上手くいかない話は嫌になるほど聞いた。その中にはある人が友達を注意して喧嘩になり、次の日には赤の他人のようにお互いを避けるようになったなんて話もあった。

詳しくその話を知っているわけではないけど、きっとその注意をした人は、友達のことを真剣に考えていたんだと思う。だから、間違いを正そうとしたんだろう。私は注意をした人が間違っているとは思えなかった。

「私は貴族のことってよくわからないけど、きっと、フランは正しいことをしたと思うよ。大丈夫、アニエちゃんはまっすぐで、正しい考え方ができる子だから」

「サキ……そうだね。でも、僕の伝え方に問題があったかもしれないし、明日アニエが学園に来たら謝ろうと思う。きっとアニエもわかってくれるよね」

フランは少しスッキリしたような表情になる。ちょっとでも元気を出してくれたかな。

そんな話をしていると、迎えの馬車が門の前に到着した。

屋敷に帰り、私はいつものようにアネットに魔法の指導をして、風呂、夕食を済ませて部屋に戻る。

「アニエちゃん、大丈夫かな……」

私が呟くと、ネルが質問してくる。

『大丈夫というのは、お体がでしょうか？』

「うーん、体がというよりも気持ちが……かな」

『気持ち、ですか？』

私は頷く。

「うん、だって今は屋敷にロベルスさんもナタリーさんもいないから、アニエちゃんはきっと心細いんじゃないかな」

『そういった感情はまだ私には理解しかねますが、サキ様が心配されるなら、明日お見舞いに行かれてはどうでしょうか』

「お見舞いかぁ。明日も学園に来なかったら、行ってみようかな。みんなを連れて」

『はい。それがよろしいと思います』

「あ、じゃあ先にフランに伝えとこ。御者さんにも伝えないと……」

私はネルを抱っこして部屋を出ると、フランの部屋に向かう。

フランの部屋の前まで来てノックをしようとしたその時、違和感を覚えた。

【魔力探知】を使ってみるけど、部屋にはフランの反応のみ。

窓の外まで範囲を広げると、何か大きな魔力がこちらに迫っていた。これは魔物の反応⁉

「フランっ！」

私が部屋に飛び込むと、フランは驚いた表情を浮かべていた。

「サ、サキ⁉　どうしたんだい？　ノックもせずに」

「魔物が一体、こっちに向かってきてる！」

「なんだって⁉」

私はネルを下ろして、急いでカーテンを開けた。

窓から外を見ると、赤色の炎を纏う鳥がこちらに飛んできていた。

「……クルラ？」

フランが呟いた。よく見ると、あれはアニエちゃんの従魔で鷲の魔物クルラだ。

フランが窓を開けると、クルラが部屋に飛び込んできた。

クルラはフランの座っていた椅子の背もたれに止まる。

「やっぱりクルラだ！」

私とフランはクルラに駆け寄る。

いつもは凛々しい顔をしてアニエちゃんの腕にピシッと止まっているクルラだけど、時折羽を広げたり、脚の位置を何度も変えたりと、落ち着かない様子だ。

「なんでクルラが？」

「わからない……よく鳥に手紙を運ばせたりするらしいけど、そういうわけでもないみたいだ」

私が疑問を口にすると、フランは首を横に振って言った。

アニエちゃん……私は急になってきた。嫌な予感がする。

アニエちゃんは意味のない行動はしない。このクルラを飛ばしたのだって何か意味があるはずだ。

「私、今からブルーム家の屋敷に行ってくる」

私が告げると、フランは頷く。

「サキ、僕も行くよ」

「え？　でも……」

「この時間に屋敷をこっそり抜け出したところでバレないさ。それに、アニエがもし危険な目にあっているのならほっとけないよ」

「フラン……うん、一緒に行こ」

私とフランはクルラを連れて窓から抜け出し、なるべく人目につかないようにブルーム家の屋敷へと向かった。


屋敷に到着すると、私はあることに気が付いた。

「おかしい……まだ明かりを消すような時間じゃないのに」

屋敷の明かりがどこもついておらず、真っ暗なのだ。

怪しまれないように、クルラに門の近くで待っているよう指示して、私はフランと一緒に屋敷の中へ入る。

「明かりどころか人の気配すらない……？　サキ、明かりを出せるかい？」

「うん、第一ライト」

光魔法でリンゴくらいの大きさの光の玉を出し、私たちはアニエちゃんの部屋を目指して歩く。

前に屋敷に来た時に彼女の部屋にも入っているので、迷うことはない。難なく到着したが、ここまで人に遭遇していないのは少し不気味だ。

私はゆっくりと扉を開ける。

「アニエちゃん？」

呼びかけてみたけど、返事はない。

アニエちゃん、一体どこに……。

『サキ様、フラン様、これはただ事じゃないかもしれません』

私に抱っこされてるネルが言うと、フランが尋ねる。

「それはどういうことだい？」

『これはあくまで私の予想ですが、アニエ様は何者かに攫われた可能性があります』

「えっ⁉」

「なんだって⁉」

私とフランは思わず大きな声を出して驚く。

『一つずつ状況を整理しましょう。まずはクルラの訪問です。クルラにはサキ様が魔力探知を使用しなくても感知できるほどの魔力が注ぎ込まれていました。アニエ様は魔法の魔力配分に優れた魔術師です。クルラ一体にあれほど大量の魔力を注ぐのは、通常ではあり得ないでしょう。そこから考えられるのは……』

　フランは顎に手を当てながら言葉を続ける。

「……アニエがどこかに攫われていて、場所がわからないから確実にクルラを僕らのところへ飛ばすために大量に魔力を注ぎ込んだ……？」

『その通りでございます。さらに、この屋敷に誰も人がいないという状況が何を意味しているのか、フラン様ならもうおわかりでは？』

「……使用人とかに見られてアニエを攫ったことが露見しないように、人払いをしたのか⁉」

「そんな！」

　アニエちゃんが何者かに攫われた⁉

　誰がなんのために……？

　その話を聞いて、私の脳裏にかつてオーレル家が襲われた話が過り、パニックになりかける。

「早く助けないと！」

「待ってサキ。仮にアニエが攫われたとして、どこにいるのかわかるのかい？」

　フランは冷静に言うが、私の気持ちはおさまらない。

「でも――」

「それに僕ら二人じゃ戦力に不安があるよ」

「じゃあこのまま放っておくの⁉」

「そうは言っていない。まずは戦力を整えよう。でも大人に言えば、確実に動き出すのは遅れるだろうし、子供の僕たちに任せてくれるとは到底思えない」

フランはアニエちゃんの机の上にある紙に何かを書き始めた。

「召還（サモン）・ウィム」

フランはダークスワロウという鳥の従魔ウィムを召還すると、紙を咥（くわ）えさせる。

「ウィム、これを屋敷の僕の机に置いてくるんだ」

フランの指示を受けてウィムは窓から飛んでいった。

「これで屋敷の僕の部屋にこの状況を書いた紙を届けてくれるはずだ。僕たちは僕たちで動こう。戦力に関しては、オージェとミシャに頼ろうと思う」

「うん。わかった」

フランの言葉に、私は頷いた。

「アニエの居場所は、たぶんクルラが知っていると思うんだ。だから、クルラの魔力が切れない今のうちに出発したい。今すぐにミシャとオージェのところへ行って、四人で救出に向かおう」

私とフランは頷き合い、ブルーム家の屋敷を後にした。

◆

僕――フレルとキャロルはまだ朝日が昇る前に王都の門の前に来ていた。
門の周りには今回のリベリオン基地制圧作戦に参加する貴族たちが集まっている。後はロベルスさんとナタリーさんを待つだけという状況だ。

「フレル、すまない。遅くなった」

ややあって、ロベルスさんたちがやってきた。何やら大きな荷物を担いでいるので、僕は尋ねる。

「ロベルスさん、その荷物は？」

「ん？　あぁ、今回の潜入で使おうと思っている武器さ。まぁ、気にしないでくれ」

武器にしては大きいような気がするが……まぁ、ロベルスさんが余計な物を持ってくることはないだろう。

作戦に参加するメンバーが揃ったところで、僕は全員の前に立って告げる。

「皆、揃っているな。今回の作戦について確認しておく。これより、馬でリベリオン基地と思われる村へ向かう。そして村の手前で馬から徒歩での移動に切り替え、村に入る。皆には村人への説明、避難誘導を行ってもらう。村人がリベリオンだと判明し、抵抗してくる場合は多少手荒でも構わない、迷わずに捕縛しろ。王に仇なす者たちを許すつもりはない。基地への潜入、殲滅はアルベルト家とブルームの公爵家が行う。皆は村人の避難誘導が済み次第、見張りを立てて様子を見ながら数人ずつ基地へ突入してくれ。何か聞いておくべきことはあるか？」

誰も声を発しないので、僕は門の方を向いた。

「それではこれより出発する！　開門してくれ！」

僕の声を合図に、門が開かれる。

「出発！」

こうして僕たちは王都を出発した。

馬で移動し、休憩を何度か挟んで、僕たちは地図で確認した村の手前一キロにある林に到着する。

まだ十分に日は高い。

多少強行軍ではあったものの、まだ明るいうちに予定のポイントに到着できたのは上々だと言えた。

僕は全員に指示を伝える。

「では、ここからは徒歩で向かう」

説明役のフレデック侯爵を先頭に村へ向かいすぐ側まで来た。村の周囲には木でできた壁が並び、中が見えない。

おかしい……王国の中心街から離れた普通の村にこんな大きな壁があるのは不自然だ。門番も立っていない。

先頭にいるフレデック侯爵は僕をチラッと見た。

おそらく、ここから村人に呼びかけてもいいか、判断をしてほしいのだろう。

僕が頷くと、フレデリック侯爵が叫ぶ。

「村の者！　我は王都より調査に派遣されたダン・フレデック侯爵である！　この門を開門し、村の代表者は出てきたまえ！」

しかし、返事はない。

どういうことだ？　僕らに感づいて逃げたか？　いや、情報が漏れたとは考えにくい。この作戦は参加する貴族と王様と他の公爵家しか知らないはず。いずれにせよ、想定外なことが起こっているのは確かだ。だが、返事がない以上、無理やりにでも門を開かせてもらおう。

「皆、作戦を変更する。門を破壊し、もし村人がいた場合はその場で捕らえよ。貴族の指示を無視するのは違反だ。構いませんね、ロベルスさん」

僕が尋ねると、ロベルスさんは渋々といった様子で頷く。

「……やむを得まい」

「総員、魔法用意！」

合図すると、村の門へ向けて全員が手を向ける。

「撃て！」

僕の指示で魔法が一斉に放たれ、門が破壊される。

砂埃が立ち、それをフレデック侯爵が風魔法で吹き飛ばすと、壊れた門の向こうでは黒いローブを纏った集団がこちらに手を向けていた。

「何っ!?」

フレデック侯爵が声を上げた瞬間、黒いローブの集団はこちらへ魔法を放った。

「キャロル！」

「わかっているわ！　第六（セクル）ウィード！　草の……」

僕が言うまでもなく魔法を放とうとしたキャロルだったが……。

「させないよ」

その瞬間、ロベルスさんがキャロルの目の前に移動して、継承の儀の時のように魔法陣を叩き割った。

「ロベルスさん!?」

「くっ！　第六ウィンド！」

そうこうしている間にも村の中から魔法が飛んでくる。僕はとっさに風魔法を発動し、驚きの声を上げたキャロル含め味方を左右に吹き飛ばして魔法を回避した。同時にロベルスさんを捕縛するために風魔法を放ったけど、するりとかわされてしまう。

「ロベルスさん！　一体何を！」

「お前たちの知ったことではない。大人しく降伏しろ」

体勢を崩しながらも村の門の方へ顔を向けると、黒いローブの集団の中でロベルスさんが僕を見下すように見つめていた。

そして辺りを見ると、連れてきた貴族たちが黒いローブ集団に捕らえられて身動きがとれなくなっているのが目に映った。

「やはり、あなたがリベリオンの侵入者だったんですね」

僕が歯がみして言うと、ロベルスさんはあざ笑う。

「賢い貴様なら、もう少し私のことを警戒すると思っていたんだがね。おかげで動きやすかったよ」

サキは悪意は見えないと言っていた……しかし、ロベルスさんとナタリーさんはリベリオンと思(おぼ)しき集団に囲まれているのに襲われる気配がない。彼らがリベリオンに与(くみ)しているのは疑いようもない事実だ。

くそっ！　サキの能力を過信した！　完全にロベルスさんたちを味方だと考えていた。

いや、サキの能力対策をしてきたのか？　どちらにせよ、僕の思慮の浅さが招いた事態だ。

「さぁ、明らかに劣勢だが、どうする？」

嫌みたらしく告げるロベルスさんに、僕は作り笑いを浮かべる。

「そうですね、いったん引きたいところですが、そうはさせてくれないのでしょう？」

「当然だ。それではいどうぞと言うほど我々は甘くはない」

「そうですよね、僕一人なら諦(あきら)めていたかもしれない状況ですが、今は……」

「フレル！」

「頼れる妻がいるんでね！」

キャロルの声に合わせて、僕は鞄のポケットに手を突っ込み、取り出したものを地面へ叩きつけた。

すると煙が大きく巻き上がる。白煙の中、横から伸びてきた蔓(つる)に掴まり、引っ張られるまま空へ逃げる。

「目眩(めくら)ましか……吹き飛ばせ！」

ロベルスさんが指示を出すと風魔法が起こり、煙が払われた。

彼らは空へ逃げた僕らを見失っているようだった。

「逃したか。捜せ！　今回の編成の中に空間魔法を使える者はいない！　遠くへは逃げられないはずだ！」

指示を出しながらロベルスさんとナタリーさんは捕らえた貴族たちを連れて門の中に入っていき、数名の黒ローブは僕たちを捜すために林の中へ走っていった。

僕とキャロルだけが草魔法で作った大きな植物に乗って、なんとか逃れられた形だ。

キャロルのこの魔法、久しぶりに見た。昔、対抗戦で囲まれた時によく使ったっけ。

「まさかロベルスさんとナタリーさんが……」

窮地を脱し、ひと呼吸置いたタイミングで、キャロルが呟いた。僕もうつむきがちに言う。

「あぁ、サキのスキルをどうやってすり抜けたかはわからないけど、僕も考えが甘かった。とりあえず、これからどうするかを考えよう」

「えぇ」

僕とキャロルはいったん地面に降りて、作戦を練り直すことにした。

◆

私——サキとフランは、ミシャちゃんとオージェを呼びに行くために商業区へ来ていた。
夜の商業区は大人がたくさん歩いていて、見つかると厄介なので屋根を跳びながら移動する。

ちなみに、私とフランは制服に着替えていた。戦闘になるかもしれないので、私が空間魔法で制服を取りに行ったのだ。どれくらい頼りになるかはわからないけど、制服には訓練用に、ある程度の魔法耐性が付与されているらしい。

「サキ、ミシャを頼む。僕はオージェを連れてくるよ。準備ができた方が、できていない方に合流しよう」

「わかった」

私はフランと分かれてミシャちゃんの家であるフュネス服飾店へ向かう。

確かミシャちゃんの部屋は……二階の学園側。

学園側に回ると、ちょうどミシャちゃんの部屋の窓が開いていた。

私は別の建物の屋根から窓へジャンプする。念のため空中で靴を脱いで窓の中に飛び込むと、ちょうどベッドの上に着地した。

「ミシャちゃん、突然ごめん！」

「ひゃあ！　サ、サキちゃん⁉　ど、どうしたんですかそんなところから⁉」

突然私が飛び込んできたから、机に向かっていたミシャちゃんがびっくりしていた。

「ミシャ〜？　どうかしたの？」

一階からミシャちゃんのママの声が聞こえてきた。

ミシャちゃんがさらに慌てているのを見て、なるべく隠密に動くようフランに言われたのを思い出す。ミシャちゃんに「しーっ」とジェスチャーをした。

意図を察したのか、ミシャちゃんは誤魔化してくれた。

「な、なんでもなーい！　大丈夫ー！」

「そうー？　あんまり大きな声を出しちゃダメよー？　近所迷惑だから」

「はーい」

敬語じゃないミシャちゃんはなんだか新鮮だ。

「それで……どうしたんですか？　夜中に、こんなところから。はっ、まさかこれはこの前レリアさんから借りた小説で読んだ、急に気になる方の寝室へ押し入ってそれから――」

急に早口で語り始めたミシャちゃんを遮る。

「違うからっ！」

レリアさんは恋バナ好きな普通のクラスメイト……だと思っていたんだけど、どんな本読んでるの⁉

「アニエちゃんが⁉　早く助けに行きましょう！　すぐに準備します！」

私がミシャちゃんにことの経緯を説明すると、彼女は驚いたもののすぐに支度を始める。

制服に着替えて鞄に必要なものを詰めていくミシャちゃん。

「準備できました！　どこに向かったらいいですか？」

私は頷いて窓から外を見るが、フランとオージェは見あたらない。

「とりあえずオージェの家……」

「オージェくんのお家ですね。わかりました、行きましょう！」

言うや否や、ミシャちゃんは窓から飛び出した。私もそれについていく。

オージェの家はミシャちゃんの家のすぐ近くだ。ミシャちゃんの案内でオージェの部屋へ向かい、さっきと同じように窓から侵入した。さすが男子の部屋、散らかってるなぁ。

「あ、サキ、ミシャ。ごめん、さっきから起こしているんだけど……」

ベッドの近くに立っていたフランが謝ってきた。

どうやらオージェを起こすのに苦戦しているようだ。

ゆすっているようだけど、大きな音を出すわけにもいかないので大変そう。

「オージェくんは一度眠るとなかなか起きませんからね。ここは私に任せてください！」

ミシャちゃんがそう言って近くに落ちていた枕を持った。

「えいっ！」

ミシャちゃんはオージェの上に乗り、枕をオージェの顔にぼふっと押し当てる。

そして、オージェが枕を退けようとするのを押え込んだ。

「ミ、ミシャちゃん？」

「オージェくんはぁ……このくらいしないとぉ……起きないんです！」

いや、オージェもう絶対起きてるよ⁉

だって苦しそうにバタバタしてるもん！

「ぶはぁ！　な、なんすか⁉　てきしゅうぐぐぐ」

そして、ミシャちゃんをなんとか退かしたオージェは当然慌てている。

私はすかさずオージェの口を押さえた。

「大声出したらめっ……だよ？」

静かにしてもらうために少し殺気を込めてオージェを睨むと、オージェが顔を真っ青にしてこくこくと頷いた。

私が口から手を放すと、オージェは「はぁ」と息を吐く。

「な、なんすかみんなして……ってまだ夜じゃないっすか!?」

「オージェ、すまないが協力してほしいんだ。実はアニエが――」

フランの説明を聞いてオージェが焦り始める。

「や、やばいじゃないっすか！　ちょっと待つっす！」

そう言ってオージェはバタバタと準備を始める。

そして、なぜかミシャちゃんも動き出す。

「はい！　オージェくん！　制服です！」

「サンキューっす！」

「あと、必要そうなもの、これに詰めておきました！」

「助かるっす！」

ミシャちゃんが必要なものをオージェに渡して、どんどん準備が進む。

うーん、ミシャちゃんすごい……これが幼馴染の呼吸かぁ。

それからすぐに準備は整い、オージェが声を上げる。

「できたっす！　で、まずはどうするっすか？」

「外にクルラを待機させている。おそらくアニエの居場所を知っているはずだ。クルラについていきながら考えよう」

フランの言葉を聞き、私たちはオージェの部屋を出て、クルラを待機させていた木へ向かった。

「クルラお待たせ。すまないけど、僕らをアニエのところまで案内してくれるかい？」

フランが声をかけると、クルラは翼をはためかせて飛び立つ。私たちはクルラの後を追って走り出した。

魔力操作のおかげでついていけるが、屋根の上を跳んでいくので気を抜くと落っこちそうになる。気を付けないとね。

しばらく走り、私たちは王都を囲う壁までたどり着いた。クルラは高く飛び上がり、王都の壁を越えようとするがフランが止める。

「クルラ！　待って！」

クルラはこちらに戻ってきて、近くの木に止まった。

「やっぱり王都の外か……」

フランが呟くと、オージェがみんなの顔を見回す。

「どうするっすか？　許可なく王都の外に出るのは違反っすよ」

「ですが、クルラの魔力もいつまで持つかわかりません。明日の朝まで待つ時間はないですよ」

「そもそも、明日じゃ大人に見つかる可能性が高くなる。このまま追おう。サキ、すまないけど空間魔法で僕らごと壁の外へ移動させてくれるかい？」

ミシャちゃんの言葉に頷いたフランが言った。

「いいの？」

「構わない」

私が頷き、空間魔法を発動しようとした瞬間、ミシャちゃんが止めてくる。

「待ってください。空間魔法で飛ぶにしても、国の門には侵入阻害の空間魔法障壁があると授業で言っていませんでしたか？」

確かに、授業で聞いたことがある。

王都の壁には敵の空間魔法による侵入を防ぐために、賢者様の考案した魔法理論に基づいて作られた、空間魔法を通さない魔法障壁が組み込まれているらしい。

それを忘れていたのかフランは悔しそうな顔をしつつも、どうやって抜け出すかを考えているようだ。私も一応ネルに聞いてみよう。

「ネル、この壁って空間魔法で出られる？」

『残念ながら、サキ様の空間魔法であっても、この魔法障壁を越えることはできません。さらにこの障壁は上空まで王都を囲むように作られています。物理的に壁を越えることは可能ですが、空間魔法を用いて壁の外に出ることはできません』

ネルの返事を聞いて、私はさらに尋ねる。

「何か他に方法はないの？」

『あります。サキ様の魔法で壁を破壊し……』

「却下」

壁を壊すとかそれこそ違反だしバレちゃうから！

「そうだ、これなら……」

その時、フランが思いついたことを私たちに話し始めた。

「えぇ？　ほんとにできるんすか？」

フランのアイデアを聞いたオージェは半信半疑のようだが、フランはスルーして私とミシャちゃんに顔を向ける。

「サキ、ミシャ、できるかい？」

「ん、私は大丈夫……」

「私の方も大丈夫です」

私たちの答えを聞くと、フランは言う。

「じゃあ、この方法でいこう」

「ほ、ほんとにやるんすか？　俺は不安しかないっすよ？」

「………まぁ、なんとかなるさ」

「なんすか!?　今の間はなんすか!?」

「いいから、私に掴まって。アニエちゃんのため……」

私はしつこくフランに詰め寄るオージェを引っ張ってくる。

「うぅ……わ、わかったっすよ！　絶対成功させるっすよ！」

「じゃあ二人とも頼むよ」

フランの声に、私とミシャちゃんは頷く。

「うん」

「はい！　召還（サモン）！　コッちゃん！」

ミシャちゃんの頭の上に青色の毛並みのリスが現れる。

彼女の従魔であるアクアスクオロルのコットンだ。毛並みが綿みたいだからなんだって。

そんなコットンはミシャちゃんの頭の上や肩の上を走り回って楽しそうだ。ミシャちゃんが「こら、動き回らないのっ」と軽く叱ると、コットンは言うことを聞いて肩の上で落ち着いた。

フランの指示通りみんなで私に掴まってミシャちゃんが合図する。

「サキちゃん、大丈夫です！」

「それじゃあいくね……第四（クアル）ディジョン・テレポート」

私は空間魔法で王都の壁よりも上空にテレポートした。

当然、そこから落下し始める。

「ひいぃぃぃぃ！」

悲鳴を上げるオージェの横でフランが指示を飛ばす。

「ミシャ！　頼む！　サキは次の転移の用意を！」

「はい！　コッちゃん！　【水玉（ドットボール）】！」

コットンが短い両手を広げると、薄い水の膜が私たちを覆い、シャボン玉に包まれたような状態になる。コットンは水魔法の扱いに優れていて、強度も発動速度もミシャちゃん一人で行うよりもずっと高い水準で発動できる。

続いて、フランが手を王都の方へ向け唱える。

「第三（トリル）ウィンド！」

フランが水の玉の外に風魔法を発動させ、私たちの入った水の玉はその風によって壁の上空を通過した。

フランのアイデアは、空間魔法と別の魔法を組み合わせて壁を越えるというもの。障壁に弾かれないところを見るに、上手くいったみたい。後は――

「越えた！　サキ！」

「第四（クアル）ディジョン・テレポート」

私は再びテレポートして、門番の人に見つからない場所に着地した。

みんなを見ると、ひとまず無事のようだ。

「なんとか越えられたようだね……」

作戦を立てたフランも、安堵したように息を吐いた。

「ミシャちゃんもう、離してもいいよ？」

「えーもう少しくっついていても……」

私とミシャちゃんがそんなやりとりをしている隣で、オージェが呼吸を荒くしている。

「はぁはぁ……し、死ぬかと思ったっす」

……このメンバーで大丈夫かなぁ。

なんとか王都から出られたけど、みんなを見ると不安になってしまう。

その時、王都の方からクルラが飛んできた。

「クルラ、また頼むよ」

クルラはフランに言われてまた飛び始め、私たちもそれについていった。

6　アニエちゃんの救出

壁を越えてから、どれだけの時間が経っただろう。

しばらく走っているが、走っている間は会話はなかった。ペースが速くて、余裕がないのだ。

少しオーバーペースだと思う……。

「ま、待ってください……」

とうとうミシャちゃんが足を止め、膝に手をついてはぁはぁと荒く息をし始めた。

ミシャちゃんほどではないけど、私も走りすぎてちょっと疲れてきていた。

足を止めると、クルラが私たちのところに飛んでくる。

よく見ると、フランとオージェも息が荒い。

もうなんキロ走ったかもわからないが、未だに建物らしい物は見当たらない。

あるのは草と木ばかりだ。

「少し休憩しよ？」

私が提案すると、フランは頷く。

「……そうだね。ごめん、ミシャ。少し飛ばしすぎた」

「私の方こそ……すみません」

近くにちょうどいい大きさの石がいくつかあったので、私たちはそこに腰を下ろす。

私は空間収納から、お茶とコップを取り出してみんなに渡した。

「ありがとうございます……」

ミシャちゃんは息が整ってきたけど、まだ疲れているようだ。

もともと体を動かすのが苦手だったし、仕方ないだろう。

気になるのがフランだ。いつになく焦っている気がする。

集団訓練とかでたまに感情的になってペースを乱してしまうアニエちゃんに対して、冷静な判断でブレーキをかける、チームのペースメーカー的な役割を担っているのがフランだ。

それなのに今はすぐにでも出発したいとばかりに道の先を見つめている。

「それにしても、どこに向かっているんすかね？　けっこう走ったのに周りは木ばっかりっすよ」

オージェの言葉に、私は相づちを打つ。

「そうだね」

「王都から北西にまっすぐ進んできてますね。地図的には何もないところです」

ミシャちゃんが鞄から地図を取り出して、位置を確認していた。

王都から北西に……北西？　なんかそんな話を最近聞いた気がする。

しかし、私の思考はフランの声に遮られる。

「さて、そろそろ行こう」

「も、もうっすか？　もう少し休んだ方が」

「そんな余裕はないと思うよ。クルラの魔力だって心配だ」

「そうは言ったって、これでまた同じだけ走るんだとしたらミシャの体力が持たないっす！」

フランとオージェがちょっともめそうな雰囲気になっている。

やっぱり今日のフランはおかしい。

「じゃあペースを落としてでも……」

「フラン、待って」

私はフランの前に立って言った。こんな状態のままで出発なんてさせられない。

「サキ、どうかしたかい？」

「……何を焦っているの？」

「焦っている？　僕が？　一体何を根拠にそんなことを……」

フランの表情は変わらないが、図星を指されて動揺しているようだ。

「フラン、いつもと違うよ？」

「違うって、なんだい？　僕はいつも通りさ」

「……じゃあなんで、いつもよりペースが速いことに気が付かないの？」

私が指摘すると、フランは目をそらす。

「それは……」

「なんで休憩時間を短くしてるの？」

「それはクルラの魔力が」

「違うでしょ？」

「違うって何が……」

「本当はアニエちゃんのことが心配だから……すぐに助けに行きたいから、焦ってる」

私が告げると、フランは少し間を置いてから口を開く。

「……あぁ、そうさ。僕は一刻も早くアニエを助けたい。だからすぐにでも……」

「いつものフランなら、戦える万全な状態を維持するために努力すると思うけど」

「……サキ、何が言いたいんだい？」

フランが私をまっすぐ見つめている。その目は少し怒っているようにも見えた。

怖いけど、私は言わなきゃいけないと思う。

今までの関係が保てるかはわからないけど、今のフランは危険だから。

私はフランのために伝えなきゃいけない。だって、フランは大切な家族だから……。

「今のフランはリーダーとして……ふさわしくないね」

薄暗い夜の静寂の中、私の言葉はまるで水面に落ちる水滴が波紋を広げるかのように響いた。

そしてそれは、いつも冷静なフランの顔をゆがませた。

「リーダーにふさわしくない？　今の僕が？」

「うん」

フランの表情はいつもと違う。笑っていない。

いつもなら心で怒っていても、ニコニコしているし落ち着いている。でも、目の前にいるフランは今にも私に掴みかかってきそうな雰囲気さえある。

「どういうところがかな？　ペースを間違えたことかい？　それとも休憩を短くしようとしてることかい？　それとも」

「ううん、どれでもない」

私の返事に、拳を強く握るフランの怒りがついに爆発する。

「じゃあ一体何が悪いって言うんだよ！　そもそもこんな話をしてる暇なんてないだろう！」

急に大きな声で叫ぶフラン。

こんなフラン、初めて見たかもしれない。

怒ってる人を見るのは慣れていたつもりだった。でも、大好きな人が自分の言葉で怒りを露わにするのは怖い。

心臓がドキドキと音を大きくするけど、私は引くわけにはいかないと、フランの顔を見つめる。

「ふ、二人ともやめましょう？　私ならもう大丈夫ですから、ね？」

ミシャちゃんが口を挟んでくるけど、私は首を横に振って言う。

「アニエちゃんを助けることは大事。でも、フランは見えていないの」

「見えていない？　一体何が——」

「仲間のことや自分のことが、だよ」

今のフランはあまりにも前のめりだ。

アニエちゃんはフランの想い人だ。だからそうなる気持ちもわかる。

でも、それならここで私が止めないと、私が教えてあげないと。

大切な家族としてここで気付かせてあげないといけないんだ。

そう思った私はフランに尋ねる。

「フランは私たちとアニエちゃん、どっちが大切？」

「え？」

「答えて。目の前でアニエちゃんと私たち、どっちも襲われてるとしたら、どっちを助けてくれる？」

「……」

私の質問に、フランはミシャとオージェを見て、しばらく無言になる。

「答えられない？」

「そ、そんなこと……答えられるわけがないじゃないか。アニエも……オージェもミシャもサキも、僕の仲間だ。大切な友達と家族だ。誰かを切り捨てるなんてことできるわけがない」

そう小さく零して、フランは黙ってしまう。

酷い質問をしてしまった。

でも、フランは公爵家の人間としてこれから人の上に立つ運命を背負っているのだ。たくさんの選択を迫られ、正しい判断を下さなければいけない立場になるんだ。

だから私は言葉を継ぐ。

「うん、そうだね。そう言ってくれてとっても嬉しい……でもね、そういう時が来ちゃうかもしれないの」

「……」

「そんな選択できないし、したくないよね……だから今のフランはリーダー失格なの」

「その問いに答えられないからかい？」

「ううん。フランなら冷静にみんなのことを見て、判断して、守って、正しい選択を続けることで、どんな状況でもみんなのことを救う選択ができるはずだよ。でも、さっきのフランは、ミシャちゃんのこともオージェのことも私のことも見えていなかったよね？」

私が問うと、フランは言葉に詰まる。

「それは……」

「ペースを落としてでもみんなで無理して先に進むのは本当に最善？」

「僕は……」

「友達を失うのがとっても悲しくて辛いことだって私も知っているよ」

私は心の中で熊のクマノさんとクマタロウくんを思い浮かべた。

森で暮らしていた時に仲良くなり、そして悪いやつのせいで命を失ってしまったあの二匹のことを思うと、一年経った今でも胸が痛む。

あの時こうしてたら、もしかしたらクマノさんたちを助けられたんじゃないかと、考えてしまうこともある。

私はフランの両手を握り、笑って彼の顔を見る。

「でも、それで周りが見えなくなって誰も助けられなかったら、もっと辛いよ。大丈夫、フランには私がついている。焦らなくてもいいの。無理しなくてもいいの。いつもの頼れるフランでいてくれたらいいの。フランは頭のいい子だから、そんな事態にならないようにできるから……ね？」

「サキ……」

そう呟いたフランの目には、少し涙が浮かんでいるように見えた。

「そうっすよ！　俺たちもついているっす！」

「はい！　私も足を引っ張らないように頑張りますから！」

オージェとミシャちゃんがフランの背中を軽く叩く。

「ミシャ、オージェ……ごめん。僕が間違っていた。アニエのことを優先しすぎて、周りが見えなくなっていたんだ。でも、もう大丈夫だよ」

そう言ったフランは、さっきとは違う落ち着いた表情をしていた。

よかった。これでいつものフランに戻ってくれるよね。

「それじゃあそろそろ行きましょう！　私のせいでだいぶ時間を食ってしまいましたから」

「ミシャちゃん、待って」

私は張り切るミシャちゃんをいったん止めて言う。

「体力は温存しよ」

「でも急がないと時間が……」

「だからこうするの。召還（サモン）・クマミ！」

私は熊の花飾りを取り出す。これには魔石が埋め込まれていて、魔力を注ぎ込むと従魔を呼び出せるのだ。

そこに魔力を注ぎ込み、クマミを召還する。クマミは私が注ぐ魔力によって大きさが変わるが、今回は四人がちょうど乗れるくらいに調整した。

「なるほど、クマミに乗れば確かに体力温存になるね。でも、サキの魔力が……」

「私なら大丈夫」

心配してくれるフランに、私は笑って言った。

「はは、心強いよ。じゃあみんな、クマミに乗ってアニエを助けに行こう。クルラ、また案内を頼むよ」

そうして私たちは改めてアニエちゃんの救出に向かった。

その後、クルラを追って一時間足らずで、大きな壁と門のあるところにたどり着いた。

ふん…

クルラが近くの木に止まり、クマミもそれに合わせて足を止める。

「着いたみたい？」

そう言って私は魔力探知を使う。すると、周囲に大量の人間の魔力反応が！

門に見張りがいるし、とりあえず草むらに隠れてから私は報告する。

「フラン、周りに人がいっぱいいる」

「敵かい？」

「わからない。でもアニエちゃんを攫った犯人のいるところだし……」

「そうだね……どうやって入ろうか」

みんなで頭をひねるが、アイデアは出てきそうにない。

でも、このままじゃ進展しないので、私は口を開く。

「こうなったら……」

「「こうなったら？」」

ミシャちゃんとオージェがこちらを見つめてくる。

「オージェをおとりにして……私たちがアニエちゃんを……」

私が言うと、オージェがびっくりしたように声を上げる。

「何言ってんすか!?　ていうか、なんで俺なんすか!?」

「一番逃げ足が速い、から？」

「そんな曖昧な理由で一人置いていかないでほしいっす！」

「だ、大丈夫ですよ！　オージェくんなら、やり遂げられます！」

「なんでミシャまで乗り気なんすか⁉　怖いっすよやめてほしいっすよ！」

騒ぐオージェに対して、フランは黙って考えている。

そして、いいアイデアが浮かんだのかパッと顔を上げて呟く。

「そうか……それでいこう」

「フランまで俺をおとりに⁉」

「違うよ。ただ、おとり作戦には賛成ってことさ。サキ、すまないけどクマミに門を破壊させてほしいんだ。できるかい？」

急に話を振られ、私は少し考える。

「え？　うーん……たぶん？　ってことはクマミをおとりにするっていうこと？」

「門を破壊できればそれでいいし、魔物が攻めてきたと思い、迎撃のために門を開けてくれたらそれはそれで僕らは侵入しやすくなるはずだ。召還従魔の解除は遠くからでもできるから、僕たちが中に侵入したらすぐに花飾りに戻してくれてかまわないよ」

なるほど、素早く動けば、クマミをなるべく傷つけずに潜入できるのか。

私は納得して頷く。

「わかった」

「クマミちゃん、ごめんなさい。でも、私たちの友達を助けるために協力して」

「クマミなら強いから、大丈夫っすよね！」

ミシャちゃんとオージェがクマミに駆け寄って声をかけた。

「クマミ、頑張ってくれる？」

私がクマミの顔を撫でて尋ねると、クマミは任せろと言わんばかりに、鼻からふんっと息を吐いた。

それを見たフランは思わずといったように吹き出す。

「ははは、サキにそっくりだね」

「そんなとこ似なくてい一のっ」

私たちは笑い合った後、門の方を見た。

フランが告げる。

「作戦が成功して中に入れるようになったら、ウィムの姿眩まし（クリアブラインド）を使って中に入ろう。中に侵入した後、サキはクマミを花飾りに戻してくれ。召還（サモン）・ウィム」

こうして、準備が整った。

「クマミ、お願い」

私の言葉に頷くと、クマミは門へ突っ込んでいく。突如現れた巨大な熊に見張りの人は驚いていた。

「うわあああぁぁぁぁ！」

「ガアアアァァァァ！」

クマミが門へ向かって手を振り下ろし、見張りの後ろの門を破壊した。

クマミ、張り切りすぎ。確かにいつも一緒に昼寝と組み手しかしないから、暴れ足りないのかもしれないけど。

そんなクマミを止めるために、門から黒いローブを着た人がたくさん出てくる。

しかし、クマミは黒ローブたちを薙ぎ払い、魔力を纏った爪で魔法を尽く消し飛ばし、武器を持って向かってくる相手は私との組み手で覚えたのであろう謎武術で制圧するという八面六臂の活躍を見せた。

「な、なんだこの熊⁉」

「魔法も武器も効かないぞ!」

黒いローブの人たちのそんな声が聞こえてくる。

「ウィム、【姿眩まし】」

クマミが頑張っている間に、ウィムの魔法で私たちは姿を消す。

でも、この魔法はお互いの姿も見えなくなるから、ちょっと危ないよね。

「みんなこのまま人にぶつからないように門の中に向かうんだ。入ってすぐ左へまっすぐ進んで、誰もいなくなったところで待つ。いいかい?」

「はい」

「おうっす」

「うん」

フランの指示を聞き、ミシャちゃん、オージェ、私の順に返事をすると、フランは頷いて告げる。

「それじゃあ行こう！」

私たちはそのまま門の中に向かって進み出した。

◆

なんとかリベリオンの手を逃れた僕――フレルとキャロルは近くの森に入り、リベリオンに見つからないように木の上で夜まで時間を潰していた。

キャロルと話し合い、潜入は夜に行うのが最善だという結論に至ったからだ。

いくつかの作戦、予測し得るアクシデントの対策、その他諸々の打ち合わせを行い、終わる頃には辺りは夕陽によって朱色に染められていた。

やれやれ……こんな事態じゃなければ、ぜひともフランやアネット、サキと一緒に眺めたいものだよ。

キャロルがため息をついて言う。

「はぁ、まさかこんなことになるなんて」

「まったくだよ。たとえ村人がリベリオンでも、君が【草の御盾（アイギス）】を発動して他貴族を保護、僕とロベルスさん、ナタリーさんで敵を撃破すれば乗り切れるはずだったんだけどなぁ」

キャロルの草の御盾（アイギス）は周囲の植物に魔力を注ぎ操る魔法だ。

行使者の魔力を宿した植物は魔法に対して高い耐性を持っていて、自由自在に動かせるのだが……魔法陣自体を壊されたんじゃ、どうしようもなかった。

「ロベルスさんとナタリーさんが裏切っているなんて」

「そのことなんだけど、本当に二人は裏切っているのかな？」

僕の言葉に、キャロルが尋ねてくる。

「どういうこと？」

「確証はないんだけど、ロベルスさんの話し方がまるで別人のように感じられたんだ。裏切っていると判断するのは早いかもしれない」

「ふーん……私にはわからないわぁ～」

キャロルはそう言って、大きな葉っぱの上に寝転がる。

「キャロル、行儀が悪いよ」

「いいじゃないの……お母様もフランもアネットもサキちゃんもいないんだから。少しくらい昔のようにしていたって」

「それもそうだね」

キャロルの言葉を聞いて、僕も大きく手足を伸ばす。

「あぁ、いいね。伸び伸びするって」

「フレルは自分を追い込みすぎなのよ」

「ま、否定はしないさ。そういえばサキに、こんな風に寝ることに名前があるって聞いたことあるよ。確か、ダイノジで寝る……だったかな？」

僕が言うと、キャロルも思い出したように口にする。

「あら、私は別の寝方を聞いたわよ。カワノジで寝るってやつ」

「へぇ、それはどんな風に寝るんだい？」

「一人でできない寝方なのよ。なんでも、ベッドに三人並んで寝ることらしいわ」

「ふーん、やっぱりサキの知識は面白いね」

「あなた、本当に昔から新しいものとか未知のものが好きよね」

少し呆れたように言うキャロルに、僕は言葉を返す。

「君だって可愛いもの好きは変わらないだろう？　それと一緒さ」

「ふふ、それもそうね」

しばらく他愛ないことを話していると、瞼が重くなってくる。僕たちは交代で睡眠をとることにした。


目を覚ますと、周囲は完全に真っ暗になっていた。少ししか眠っていないけど、頭の中はだいぶクリアになった気がする。

微かに残った眠気を振り払うように伸びをしてから、僕は起きていたキャロルに切り出す。

「さて、どうやって門の向こうへ潜入しようか」

「空から飛び下りたら目立つものね」

リベリオンは昼間破壊した門をもう直していた。

上からリベリオンの基地である村を改めて見ると、村人が普通に住んでいたというロベルスさんの情報も嘘だったことがわかる。

明らかに村と呼べるような雰囲気ではない。住民は全員黒ローブに身を包み、これが基地でなければなんなのだという感じだ。

作戦を立てた時は中に入ってからのことばかり考えていたからなぁ。

どうやって門をくぐるか思案していると、突然下から大きな音と叫び声が聞こえてきた。

「あれは、魔物？」

キャロルの呟きに、僕は頷く。

「熊の魔物か。これはチャンスだね。あの熊が門を破壊してくれたようだし、この混乱に乗じて潜入しよう」

「わかったわ。それにしてもあの熊の動き、どこかで見たような……」

「キャロル？」

「いえ、なんでもないわ。行きましょう」

キャロルはそう言うと、葉から下りた。僕もそれに続く。

こうして、僕たちは潜入を開始した。

◆

私――サキとフラン、ミシャちゃん、オージェはフランの合図で走り出し、暴れるクマミの横を駆け抜けて、門の中へ飛び込んだ。

お互いの姿は見えていないから、想像だけどね。

門の中はぱっと見、普通の村そのものだ。黒いローブに身を包んだ人で溢れているせいで怪しさ満点ではあるけど……。

ただ、中にいる人のものか、それとも建物自体が悪意を持って作られたものなのかはわからないけどあちこちに悪意が見える。

とりあえず私は事前に打ち合わせた通り、すぐに左へ向かった。

そのまままっすぐ進むと、ちょうどいい草むらがあったのでそこに隠れる。

「みんな、いるかい？」

すると、フランの小さな声が聞こえた。

「サキ、います」

「ミシャ、います」

これも打ち合わせ通り、リーダーのフランに名前を伝えた。

意外と声だけで個人を判別するというのは難しいのだ。

アニエちゃんがいると思ったらミシャちゃんだった、なんてことがないように、フランが考えた。

「オージェ、いるかい？」

「オージェ、いるっす……」

少し遅れてオージェが返事をしたけど、なんか元気がない？

「了解、それじゃあ魔法を解くよ」

フランがそう言うと姿眩まし（クリアブラインド）が解かれて、私たちはお互いの姿が見えるようになった。

ミシャちゃんが尋ねる。

「オージェくん、土だらけですけど……どうかしましたか？」

「うぅ、まっすぐ門に向かったら、中から出てきたやつにぶつかって、よろめいたところをクマミに踏まれそうになって……散々だったっす」

「それは災難だったね。サキ、念のためオージェに回復魔法をお願いできるかな？　それと、クマミはもう戻しても大丈夫だよ」

「うん、わかった」

フランの言葉に頷いて答えた私は、思念伝達でクマミに指示を飛ばす。

声が届く範囲でしか指示が出せないみんなとは違い、私は遠距離でもクマミに思念伝達で指示が出せる。

ちなみにそれを話した時に、フランはとても興味を持ち、最近では思念伝達を練習中なんだとか。

『クマミ、敵を適当に蹴散らして林に入って。人を振り切ったら花飾りに戻ってきて』

私はクマミに指示を出してから、オージェに手を向けて唱える。

「第二ヒール（ダブルヒール）」

「ありがとうっす……」

幸い、オージェは擦り傷くらいしかなかったのですぐに治療できた。

「みんな、ここからは戦闘になる可能性がある。でも、目的は敵を倒すことじゃなくてアニエの救出だ。だから、戦闘は極力避けるし、仮に戦闘になったとしても逃げることを最優先にする。僕たちは従魔やサキの特訓のおかげで多少は戦えるかもしれないけど、向こうからすれば所詮はただの子供だ。数でも実力でも劣っている状態で戦うことは避けたい」

フランの言葉に全員が頷いた。

「それから、クルラは目立ちすぎる。ここでアニエのもとに返そうと思うんだ。方向だけ確認して、そこからはサキの魔力探知で捜索をしたい。サキ、できるかい？」

「大丈夫」

「よし、クルラ、君は一度アニエのところへ戻ってくれ」

クルラはフランの指示を聞くと、羽ばたいて村の中へ飛んでいった。

「方角は……こっちだね。それじゃあみんな、なるべく静かに、王都の時のように屋根を進もう」

私たちはフランを先頭に、アニエちゃんの捜索を開始した。

クルラの飛んでいった方向へ、建物の屋根を走っていくと、段々と建物が減り村のはずれまでたどり着く。

「ここだと思う」

魔力探知の結果、村のはずれにある空き家の下に、不自然な魔力の反応がいくつかあることがわかった。

でも、見た感じただの空き家なんだよね。

「本当にここなんすか？」

オージェが疑問の声を上げるが、フランは迷わず言う。

「とにかく、中に入ろう。サキ、この近くに罠（わな）らしき物はあるかい？」

「見てみる。【透視（とうし）の魔眼（まがん）】」

ものを透（す）かして見ることができる透視の魔眼で空き家の中を見ても、特に罠らしい物は見当たらない。

そのかわり……。

「罠はない。でも、隠し扉がある」

「隠し扉……基地の入り口みたいだね」

私はさらに報告する。

「そこから、地下へ繋がってる」

「人影は？」

「ない……」

「よし、また姿眩まし（クリアブラインド）を使おう。でも、今回はさっきみたいに途中で別れてしまうと困る。だからロープで全員の体を連結してお互いの位置を確認しつつ進む」

そう言って、フランはカバンからロープを取り出した。

「一列で進んで、なるべく壁沿いを歩く。さっきのオージェみたいにぶつかるといけないからね。

順番はサキ、僕、オージェ、ミシャの順で進む。サキはアニエのところへできる限り最短で進んでくれ。敵に見つかった場合は、サキの空間魔法で逃げる」

『皆様、お話の途中ですみません。ここでは空間魔法は使用できないことをお伝えします』

ネルが思念伝達で私たちに話しかけてきた。

フランが尋ねる。

「と言うと？」

『この村の中にある建物は、王都の壁とは違う原理ですが、空間魔法を遮断します。かなり高度な魔法障壁が作られているのです』

「じゃ、じゃあ、サキの空間魔法で逃げられないということっすか？」

焦ったように言うオージェに、ネルは冷静に答える。

『この村に入った時点ですでにサキ様の空間転移の魔法は防がれています。申し訳ございません。私もこの空き家に近づくまでわからなかったのです。この空き家の地下は、その魔法障壁の密度が高いため確信できました』

そう言うネルは、私の肩でしゅんとしていた。

「ううん、教えてくれてありがと」

私はお礼を言ってネルの頭を撫でた。それからフランが告げる。

「それじゃあ作戦変更だ。姿眩まし（クリアブラインド）を使って進むところまでは一緒。もし敵に見つかったり、不測の事態が発生した場合は……」

「場合は……？」

フランの返事を息を飲んで待つオージェ。

そのオージェにすごくいい笑顔でフランが答える。

「全力で逃げるしかないねっ！」

「ノープランっすかぁ!?」

オージェは驚いたようだが、ミシャちゃんと私は笑って言う。

「ふふふ、でも大丈夫ですよ。私たちなら」

「そうだね！」

「その自信はどこから来るんすかぁ！」

「オージェくん、大丈夫ですから。それより、早くしないと……見つかっちゃうかも？」

ミシャちゃんがオージェの耳元で囁(ささや)くように言う。

ちょっと怖い……たぶん、オージェを脅(おど)すためなんだと思うけど。

「や、やばいっす！　フラン、早く姿眩まし(クリアブラインド)っす！」

「はいはい、ウィム、【姿眩まし(クリアブラインド)】」

私たちがロープを掴んだ瞬間、ウィムの魔法がかかる。

「それじゃあ行くね」

先頭の私が空き家の中へ入り奥にある木の板をどかすと、地下へ進む階段があった。

警戒しながらゆっくりとその階段を下りて、フランの指示通り右側の壁沿いに歩いていく。

道の広さは学園の廊下より少し狭いくらいだ。

「にしても、長い階段だったっすね。どんだけ深くに来たんすか？」

オージェが言うと、フランが首を傾げる。

「さぁ？　地下の施設は隠れる分には優れているよね」

「隠れる分にはって、悪いところがあるんすか？」

「地下に作ると、出入り口が限られるから、地面を崩すような魔法で簡単に制圧できてしまう。だから、こういう基地は見つからないことを前提としているんだ」

姿は見えないのに話し声がすると言うのも変な感じだなぁ。

フランは続ける。

「アニエがいなかったらサキに頼んで、崩してもらいたいところだね」

「フランくんにしては物騒ですね。珍しいです」

ミシャちゃんが言うと、フランはいつもよりやや暗い声で答える。

「そうでもないさ。何せ、僕らのリーダー様を攫った相手だからね。ちょっとくらい過激な物言いをしてしまうのも当然じゃないかい？　サキもそう思うだろう？」

「うん、でも私だったら崩すことはしない」

「ほら、やっぱりフランくんが過激なんですよ」

いや、ミシャちゃんの考えはちょっとはずれている。

「私なら水攻めかな。その方が使う魔力が少ないし……適度に苦しい」

私だって大好きなアニエちゃんが攫われて怒っていないわけがない。

フランが頷いて言う。

「あぁ、それは思いつかなかったよ。うん、そっちもありだね」

「ミシャ、これは俺がおかしいんすか？　前から悪魔のような会話が聞こえてくる気がするっす」

「はぁ……いつもなら美形のフランくんと、可愛らしいサキちゃんの姿が見えるから気になりませんでしたが、姿が見えないと、少し怖いですね」

オージェとミシャちゃんが呆れた声を出した時、フランが告げる。

「しっ、誰かいる」

私たちが歩いている通路の少し先で、黒いローブを着た人たちが話をしていた。

「まったく、ロンズデール様もあのようなガキをどうされるおつもりか」

「いやいや、あの操り人形の娘というだけあって変わった魔法が使えるそうだ」

『あのガキ』というのはアニエちゃんのことだろうか。

だとしたら操り人形って呼ばれているのはロベルスさんのこと？

静かに話を聞いていると、奥から一人ローブを着た男が走ってきた。

「おい！　侵入者が南出入口から入り込んだらしいぞ！　戦闘員は急いで向かえ！」

「わ、わかった！」

三人の黒ローブは私たちの横を通り過ぎていった。

足音が遠ざかって少ししてからフランの声が聞こえる。

「人形？　捕らえられているのがアニエだとして、人形というのが気になるな。それに僕たち以外の侵入者だって？」

「とにかくアニエちゃんを捜そう」

私はみんなに声をかけ、再び歩みを進め始めた。

アニエちゃんの位置は魔力探知でわかっている。見立てではもう一回階段を下ればアニエちゃんがいる階のはずだ。

魔力探知って便利だけど、今のところ建物とかをマッピングできるわけではないんだよね……今度できるか試してみよう。

ともあれ、今は『侵入者』のおかげでこの基地の中は手薄だし、チャンスだ。

しばらく進むと階段が見つかった。

「たぶんこの下にアニエちゃんがいる……」

私が告げると、フランが尋ねてくる。

「わかった、アニエの他に人はいるかな？」

「いないと思う」

「よし、行こう」

フランの指示で、階段を下りる。

それにしても、この基地は本当にすごい。

明かりは蝋燭(ろうそく)ではなく蛍光灯のようなものが使われていて、廊下の床もコンクリート造りだ。

ここまでの技術がある組織はリベリオンしか思い当たらない。

色々と考えが巡るが、今はアニエちゃんの身の安全の確保が最優先。

ただここが仮に私の予想通りリベリオンの基地なのだとしたら、アニエちゃんを含めてみんなが
ここにいる現状がまずいのは確かだ。

頼りになる従魔がいるとはいえ、敵陣のど真ん中で戦えるほどの戦闘経験は私を含め誰にもない。

早々にアニエちゃんを助け出して、王都に帰らないと。

そんなことを考えながら階段を下りると、そのフロアはまるで牢屋のようになっていた。

広いが、薄暗くてじめじめした空気がとても不気味だ。

この中にアニエちゃんがいるのかと思うと、早く助け出したい気持ちが強くなった。

そして一番奥の牢屋から懐かしい魔力を感じ近づくと、そこに彼女はいた。

たった一日会っていないだけなのに、すごく久しぶりに顔を見たような気持ちになった。

私は思わず大きな声を出してしまう。

「アニエちゃん！」

「……サキ？」

アニエちゃんの声を聞いて嬉しさのあまり、顔が綻ぶ。

アニエちゃんが尋ねてくる。

「姿が見えないっていうことは、フランも来ているの？」

「僕だけじゃないよ」

フランがそう言って姿眩まし（クリアブラインド）を解くと、みんなの姿が見えるようになった。

アニエちゃんは驚きの表情を浮かべて言う。

「ミシャ、オージェまで……なんで……」

「助けに来ましたよ！　アニエちゃん！」

「お、俺も来たっすよ！」

「ミシャ、ありがとう。オージェは弱音を吐いたりしなかったでしょうね？」

「そ、そんなことなかったっす！」

そんなオージェをミシャちゃんはジト目で見る。

「いや、王都を出る時に不安しかないとかなんとか……」

「そ、それはそれっす！」

ミシャちゃんはため息をついて、私たちに顔を向ける。

「オージェくんの話は後にして、早くアニエちゃんを助け出しましょう」

「ネル、牢屋の鍵に【変身】できる？」

『可能です』

私の質問に答えたネルが私の肩から下りて尻尾を牢屋の鍵穴に向ける。すると、尻尾の先端が鍵の形に変わったので、私はそれを差し込んだ。カチリという音と共に鍵が開く。

「アニエちゃん！」

私はアニエちゃんを抱きしめる。

アニエちゃんも、私の背中に手を回した。

「サキ、ありがとう。ここに閉じ込められる前に、クルラをなんとか召還したの。この事態を誰かに知らせるのが狙いだったのに……まさかみんなが助けに来てくれるなんてね」

「よかった……よかったよぉ。早くこんなところから出よ？」

「えぇ、そうね」

アニエちゃんが立ち上がり、牢屋を出る時にフランの方をチラッと見た。

「後で……ちょっと話があるから」

「あぁ、僕もだよ」

しかしその時、私たちが下りてきた階段の方から強い魔力を感じた。それはすごいスピードでこっちに向かってきている！

「第四（クアル）ライト・バリア！」

私はとっさに五人全員を囲うようにバリアを張ったが、オージェの近くのバリアに一瞬でヒビが入る。

私はその影に向かって叫ぶ。

「誰っ！」

「誰？　それはこちらのセリフよ……」

暗闇から段々と声の主（ぬし）の姿が浮かんでくる。

「ママ……」

アニエちゃんの視線の先には、鋭くこちらを睨むナタリーさんの姿があった。

◆

熊が暴れる中、僕――フレルとキャロルは葉から下りて門に向かう。

走っている途中で、僕はキャロルに黒ローブを投げて言う。

「キャロル、これを」

「何これ?」

「あいつらの黒ローブさ。キャロルが眠っている間に、ちょっと散歩に出て取ってきたんだ」

「ちょっと! 眠っている妻を置き去りにして何してるのよ!」

「いやいや、これはこれで重要だろう? 何せ、僕らはフランみたいに器用な闇魔法は使えないからね」

「それはそうだけど……身ぐるみを剥がされた人はどうしたわけ?」

「さぁ? 風魔法で遠くへ放り投げたっきりわからないよ」

僕が答えると、キャロルは呆れたような声で言う。

「あなた……相変わらず悪人に容赦ないわね」

「相手だって国家反逆の組織なんだ。あれくらいでへこたれるようじゃいけないよ」

「はぁ、とにかくこれを着て中に入ればいいのね」

そう言ってキャロルはローブを羽織り、フードをかぶって顔を隠す。

僕もローブを同じようにかぶった。

「うわっ汗臭！」

僕は文句を言うキャロルをなだめる。

「まぁまぁ、今だけ我慢してくれよ。さあ、林を抜けよう。ロベルスさんが罠が仕掛けられた場所に誘導するためにあえて空き家の情報を与えてきた可能性は高いが、他に情報もない。いったん潜入予定の空き家前で落ち合おう」

「了解」

僕とキャロルは左右に分かれて、熊と戦闘しているローブ集団に紛れる。

誤魔化すために軽く魔法でも撃とうかと思ったところで、急に熊が林のほうへ逃げていった。その様子を見て、隣の黒ローブたちがざわつく。

「まったく、なんだったんだ。全員無事か？」

「あぁ、問題はない。お前は？」

急に話を振られて少し焦るが、すぐに冷静を装って答える。

「すまない、熊に近づきすぎた。腕を痛めたようだ……」

「大丈夫か？　少し休んできたらどうだ？」

「あぁ……そうさせてもらおう」

僕は怪我をしているふりをして門の中に潜入した。

チラッと横を見ると、キャロルも上手く中に入れたようだ。

「それじゃあすまない……少し休んでくる」

「あぁ。すぐに作戦が始まるかもしれないんだ。今のうちにしっかり休んでおけ」

作戦？　魔物で王都に攻め入るというあの計画のことか？

疑問に思いつつも僕はローブ集団と別れ、そのまま侵入予定の空き家へ向かう。

空き家前に到着し、キャロルを待つ。

「フレル」

しばらくすると、キャロルも空き家へやってきた。

「大丈夫かい？」

「えぇ、一緒にいた連中が、私が女だとわかった瞬間、ナンパしてきたこと以外はね」

「どうやって抜け出してきたんだい？」

「お手製の睡眠薬で眠らせてから口と手足を縛って、そこら辺の小屋に閉じ込めてきたわ」

「またお転婆（てんば）なことを……」

「フレルも人のこと言えない癖に」

そう言われると何も言い返せないなぁ。

まぁいいか。こうして無事潜入できるわけだし。

「さぁ、このまま中に入ろう。まずは捕らえられた貴族たちを捜す。それが終わり次第、敵の排除を始めるんだ」

「了解」

僕とキャロルは音を立てずに空き家の中へ入っていく。

地下に潜入してみて、改めてリベリオンの技術力に圧倒された。

この明かりはどうやってついているんだ？　この硬い地面……レンガを詰めたわけじゃないだろう。

うむ、この基地……。

「リベリオンの基地じゃなければ是非とも後で見学したい、とか思ってないわよね？」

「ま、まさか……そんなこと思うわけないだろう？」

キャロルに心中を言い当てられて少し焦って言い訳するが、疑いの視線を向けられてしまう。

「どうだか……こんなじめじめしたところ、早く出たいわ。そして、即刻破壊よ」

「い、いや。敵を殲滅さえすれば、何も破壊しなくたって」

「やっぱりちょっと惜しいって思っているんじゃない！」

そんなことを話しながら走っていると、扉を見つけた。

ゆっくりと開き、誰もいないことを確認して中に入る。

キャロルが口にする。

「早く中を探ってよ」

「わかってるよ。【風の道標(エアログラスプ)】」

魔法が発動し、地面に風が吹く。

「その魔法、どうせなら人の判別もできればいいのに」

この魔法は魔力を込めた風を送り込み、建物の構造や形を探るものだ。

人を感知対象に含められないわけではないんだけど、そうすると魔力の消費量が増える。魔力を節約しておくことに越したことはないからね。

しばらく風を流して——地下二階までは把握できたかな。

「よし、めぼしいところから当たっていこう」

僕とキャロルが再び走り出したタイミングで、前方から黒ローブ二人がやってくるのが見えた。

「おい、お前ら！　今、南出入口に怪我をした仲間が来て、侵入者があったという情報が入った。なんでも、急に後ろから襲撃され、ローブを盗られたらしい。もうこの基地の中にいる可能性がある。急いで捜し出せ！」

僕はとっさに調子を合わせて返事する。

「何!?　わかった、ここに来る間に、怪しいやつは見当たらなかった。俺たちは下の階を探ってみる」

「俺たちは一度、その仲間へ話を聞きに行く。もしかしたら、逃げたアルベルトの連中が貴族どもを助けに来たのかもしれない。地下三階西エリアは特に注意しろ」

そう言って、黒ローブは走っていった。

「まったく、お互いにフードを取って確認し合うくらいの用心さもないのか……こうやって侵入者に情報が流れてしまうことだってあるのにね。それにしても思わぬ収穫だ。あの口ぶりからすると地下三階西エリアに仲間たちが……って、キャロルどうしたんだい？」

キャロルが何やらお腹を押さえてぷるぷると震えていた。

「だ、だって……フレルが『俺』って、似合わなすぎて……ふふふ」

そんなキャロルの様子を見て、僕はため息をついた。

昔から変なところで笑い出す子だったからなぁ。

「相変わらず僕には君の笑いのツボがよくわからないよ。ほら、行くよ」

「ま、待って、もう一回言って」

「いいから早くついてくる！」

僕はもう一度ため息をつきながら、笑い続けるキャロルの手を引く。

僕とキャロルは地下三階まで下りて、西側へ向かった。

風の道標（エアログラスプ）のおかげで、建物の構造は確認できている。捕らえられた貴族の人数は少なくない。彼らを捕らえておくには広い部屋が必要だろう。

西エリアで最も広い部屋へ最短ルートで進み、その部屋の扉にたどり着く。

ゆっくりとドアノブをひねると、鍵はかかっていないようだった。

「……物音はしないな」

僕が呟くと、キャロルが尋ねてくる。

「そうね。入ってみる？」

「まず僕が入る。キャロルは見張りを頼めるかな？」

「わかったわ。向こうから誰か来たら？」

「静かに、なるべく早く無力化してくれるとありがたい」

「わりと難しい要求よね？」

「得意だろう？　頼りにしているよ、キャロル」

僕がニコニコしているのに対して、キャロルは少し困ったような顔で手をひらひらとして、早く行くようにジェスチャーする。

「もう……はいはい、了解よ」

「【音消しの風(サウンドレス)】」

僕は風魔法によって空気の振動を抑え、扉を開ける音を消す。そうしてそこへ入るとそこには檻(おり)があり、手足を縛られた仲間の貴族たちが捕らえられていた。

僕は魔法を解除して檻に近づく。

遠くから見ただけではわからなかったが、ほとんどの仲間は怪我をして気を失っているようだ。

「うぅ……フレル様？」

フレデック侯爵が僕に気付き、うめくように言った。

しかし、かなり声が掠(かす)れている。

相当酷い拷問(ごうもん)を受けたのか……。

「フレデック侯爵、すまない……完全に僕の采配ミスだ」

僕が謝ると、フレデリック侯爵は首を横に振る。

「そのようなことは……あの場面でロベルス様が裏切るなど誰が考えましょう」

「そのことについてだが、後で話がある。とにかくここから出よう。これとこれを使え」

僕は檻の隙間からナイフと回復薬を数本渡す。

「これを使って全員脱出しろ。僕とキャロルはこの基地を調査した後、敵の殲滅と基地破壊のために動く」

「わかりました、ご武運を」

「あぁ、早急に脱出してくれ。基地破壊を始める前にだ」

僕はそれだけ言い部屋を出ると、キャロルに報告する。

「中にはやはり侯爵たちが捕らえられていたよ。彼らにはなんとか脱出してもらうとして、僕たちは調査を続けよう」

「わかったわ」

頷くキャロルを見て、僕はさらに告げる。

「中央エリアの方へ行ってみよう」

「中央エリア？」

「あぁ、そこに何かがあるんじゃないかと思ってね」

僕とキャロルは西エリアから中央エリアへ向かう。

基地において中心に重要拠点を作った方が各所に連絡を取りやすいのは明らかだろう。だから、資料や作戦室といったものは基地のまんなかに配置されることが多い。

その後、キャロルとともに中央エリアへ行くと怪しい扉を発見する。ここまで上手く人に会わずに動けたのだが、それがかえって不安を掻き立てた。

扉をゆっくりと開け中に入ると、そこは地図や書類が多く置かれている部屋だった。

その中の書類を手に取って見てみると、王都襲撃作戦について書かれていた。

「なんだと……」

「何？　何が書いてあるの？」

尋ねてくるキャロルの声には答えず、僕は書類に目を通し続ける。

「早く王都へこのことを報告しないと……」

「ねぇ？　フレル、どうしたのよ？」

「説明は後だ。早く戻って対策を……」

「あーら、なんか面白い気配を感じたから見に来てみたら、なーつかしいー顔があるわね？」

僕が資料を鞄にしまったタイミングで、さっき入ってきた扉から聞き覚えのある声が聞こえてきた。

姿は成長しているが、目の前にいるのが誰なのか、わからないわけがない。

僕はその名前を口にする。

「ミシュ……」

「こんばんは、フレル、キャロル。すいぶん懐かしい顔が現れたものね～」

ミシュリーヌは昔と変わらない、おちゃらけた口調で言った。

◆

「アニエス、ダメじゃない、勝手に檻から出てきたら。さ、早く戻りなさい」

アニエちゃんを助け、部屋を出ようとした私――サキと仲間たちの前に立ちはだかるナタリーさん。アニエちゃんはいつもより小さい声で彼女に尋ねる。

「マ、ママ……どうしてそんなこと言うの？」

「どうして？　ロンズデール様があなたのことを気にかけてくださっているのよ？　呼ばれるまで大人しくしているのが当然でしょう？」

「アニエちゃん、聞いちゃダメ」

私がアニエちゃんをかばうように立つと、ナタリーさんはこちらに顔を向ける。

「あなた、サキちゃんだったかしら？　これは私たち親子の話よ。せっかく来てくれたところ申し訳ないけど、お引き取り願えるかしら？」

「あなた、ナタリーさんじゃない」

「何を言ってるのかしら？　正真正銘、ナタリー本人よ？」

嘘だ……体は確かに本人かもしれないけど、今のナタリーさんの体からはおぞましい悪意が溢れているのが見える。

それに、ナタリーさんはきっとアニエちゃんにこんな酷いことを言わない。

「ふっ……ふふふ、ククク……まぁ、こんな演技をしても、君には意味ないかぁ」

口元を押さえて急に笑い出したナタリーさん。

そして、口角を上げながらこちらを舐めるように見た。

「ごきげんよう、サキ・アメミヤ。いや、サキ・アルベルト・アメミヤの方が正しいかな？　私はリベリオン幹部の一人、マリオネスト・ロンズデール」

「やっぱり、あなたは精神だけ別人だったのね」

「ほう？　そこまでわかっているのか。いや、今理解したというのが正しいのかな？　どこでわかったのかね？」

「私の目は悪意が見える……今のあなたからは悪意が溢れているから」

さっき思い出したことがある。

前にパパから聞いた、リベリオンの話だ。

おそらく、ここは私の予想通りリベリオンの基地。

そして、パパが危惧していたようにナタリーさんが裏切り者だったのだ。たぶんロベルスさんも同じなのだろう。

じゃあなぜ最初に彼らと会った時は悪意が見えなかったのか……それは、王都にいる間のロベルスさんとナタリーさんの意識が正常だったからだと、私は考えている。

何かをきっかけに、あらかじめかけられていた魔法による精神の操作、あるいは洗脳に近い魔法が発動していたのかも。

「くっくっく……悪意か。やはり君は面白い。どうだ？　私の実験台にならないか？　今なら君の友達も一緒に連れていってやるぞ？　なぁ、アニエス」

そう言ってロンズデールが視線をやった先には、怯えた表情のアニエちゃんがいる。

私はその悪意に満ちた視線を遮るようにアニエちゃんの前に立った。

「アニエちゃん、大丈夫……私が守るから」

「サキ……」

「守る？　君が、私相手にかね？　はっはっはっ！　それは面白い、是非ともやってみてくれたまえ！」

そう言ってロンズデールはすごいスピードで距離を詰めてきた。

そのままの勢いで右足の回し蹴りを繰り出してくる。

私はアニエちゃんを後ろにいるみんなの方へ強く押し、回し蹴りを回避した。

「第六ライト・バリア！」

みんなを再度バリアで守りつつ、ロンズデールへ掌底を打ち込む。だがロンズデールは後ろへ飛んでかわし、声を上げる。

「素晴らしい！　私に攻撃されつつも、自分より仲間を守る精神！　あぁ、すぐにその心を潰してしまいたい！」

「うるさい……アニエちゃんのママの体で変なこと……言わないで！」

私は風属性魔法を脚に集中させて瞬時に移動するスキル【飛脚】で一気に接近する。

「ネル流武術スキル・【陽ノ型・烈日】！」

飛脚の勢いを乗せて、私もお返しの回し蹴りを放った。

しかし、ロンズデールにいとも簡単にかわされてしまい、私の左足は空を切る。

でも、そんなのは想定内だ。伊達に武術を鍛えてきたわけじゃない。

私はそのまま逆立ちをするように地面に両手をつく。

「ネル流武術スキル・【月ノ型・朝結暮月】」

地面についた手を軸に両足で回し蹴りを繰り出すと、この動きはさすがにロンズデールも予想していなかったのか、かわすのではなく腕でガードした。

「なかなかやるじゃないか！」

「あなたに褒められても嬉しくない！　第三フレア！」

「第三アクア！」

生じた隙に至近距離から炎魔法を叩き込むも、ロンズデールはすぐに水魔法を放ち相殺する。

水が蒸発し、水蒸気で視界が悪くなる中、ロンズデールは迷わず私に向かってくる。

そして、かかと落としを繰り出してきた。

ママに聞いたけど、ナタリーさんは蹴り主体の体術が得意らしい。

体術のキレも、技のスピードも今まで戦ってきた人の中でダントツだ。

学園対抗戦に乱入してきたリベリオンの幹部のグレゴワルよりも速いかもしれない。

でも……。

「ネル流武術スキル・【花ノ型(はなのかた)・霞(かすみ)】」

ロンズデールの足が当たる寸前、私は細かい足捌(さば)きで横へ避ける。相手には、私の姿が消えたように見えたはずだ。

そして、ネル流武術は、型と型が繋がって初めて真価を発揮する。

「ネル流武術スキル・【結月ノ型(むすびつきのかた)・鏡海月(きょうかいげつ)】」

左右からほぼ同じ速度で手刀を打つが、ロンズデールはまた後ろへ飛んでかわした。

それを待っていたよ……。

ロンズデールは空中にいる。それなら第四級の魔法の速度で捉えられる！

「第四(クアル)ウィード・バイ……」

「させない」

私の手の前に魔法陣が出た瞬間、突如人影が目の前に現れ魔法陣が破壊された。

「きゃあ！」

「パパ！」

どこから現れたのか、ロベルスさんが私の魔法陣を壊して、そのまま攻撃してくる。

私は慌てて避けて、距離を取った。

「ふふふ……いやぁ、君と戦いながら人形を操作するのはやはり大変だ」

「いったい、誰が――」

ロンズデールの言葉に、私は思わず疑問の声を上げた。操れる人間は一人だと思っていたからだ。

「誰が？　私以外に誰がいるというのかね？　いつ私が一人にしか【憑依(ひょうい)の魔法】を行使できないと言った？　まぁ、人数が増えれば操作が難しくなるからあまりやりたくはないがね。憑依の魔法は私が心につけ込めさえすれば何人にでも使える。乗り移ればその体の魔法やスキル、そして技術まで私のものだ」

「さらにこの二体は私手製の精神支配薬のおかげで、自我が目覚めることはない。優秀な駒だよ」

ロンズデールはロベルスさんとナタリーさんの体を交互に使って話しながら、私を挟むように立つ。

二人相手……大丈夫、二人とも接近戦が得意なタイプだし、距離を取って回避しつつ魔法で戦えばなんとかなる。

「まさか魔法主体で戦えば勝てると思っているのかな？　先ほど魔法が発動する前に魔法陣を破壊する魔法陣破壊(サークルブレイク)を使って魔法を無効化したのを忘れているわけでもあるまい？」

ロンズデールはバカにするように私へ告げた。

でも、私には魔力解放がある。

あれならノータイムで魔法を放つことができる。

「ふっ……まだ秘策があるようだな。だが、使う暇など与えんよ！」

ロベルスさんとナタリーさんが同時にこちらへ走り出し、一斉に攻撃を仕掛けてくる。

「ネル流武術スキル・【花(はな)ノ型(のかた)・桜(さくら)】」

手数の多い攻撃をかわす技を使って二人の攻撃をギリギリでよける。

なんとか、魔力解放の隙を……。

「第四(クアル)ウィン……」

私が魔法を発動しようとすると、ロベルスさんが魔法陣を砕きに来る。

「させないよ」

「きゃあ！」

魔法を使おうとしても、魔法陣破壊(サークルブレイク)で止められる。

魔力解放はスキルではなく意識して発動させる技術だから時間がかかるし……。

いいアイデアが浮かばず、私はとにかく攻撃を避け続けることしかできなかった。

7　あなたのための戦い

サキが僕――フランとアニエ、ミシャ、オージェをバリアの中に入れてから、ずっと激しい戦いが繰り広げられている。

「サキちゃん！　サキちゃん！」

ミシャがバリアを叩いてサキに呼びかける。

オージェが僕に詰め寄ってくる。

「フラン！　なんとかできないんすか!?　あのままじゃサキが！」

「無理だ……」

サキやロベルス様、ナタリー様の攻撃も魔法も、今まで見てきたものとはレベルが違う……違いすぎる。

加勢したとて、彼女たちの動きについていける自信が僕にはない。

ミシャが弱弱しい声で尋ねてくる。

「私たちは見ていることしかできないんですか……？」

「僕だって悔しいさ！　でも、あの中に入ったとしても何ができるのさ」

サキが目の前で激しい戦いをしているのを見ながら、自分の無力さを痛感する。ただ見ていることしかできない自分が情けない。

「パパ、ママ……なんで……どうして。サキ、ごめんね……ごめんなさい」

アニエは戦う両親とサキを見て泣き崩れてしまっている。

両親に誘拐されて、ついさっきまで閉じ込められていたんだ。アニエは相当混乱しているに違いない。

「我慢できないっす！　このバリアを壊してでも俺はサキを助けるっす！」

「私もです！」

オージェとミシャはそう言ってバリアから少し離れる。

「【雷電纏(エレクトウェア)】！」

「第二(ダブル)アクア・スラッシュ！」

オージェは雷を纏ったパンチを、ミシャは水魔法を何度も繰り出すがバリアにヒビすら入らない。

その事実から、サキと僕たちとの圧倒的な差がよくわかる。

「うぅ、なんかないんすか!?　サキを助ける方法は！」

オージェが焦って足踏みをしている。

外に出られず、魔法も通らないこのバリアからサキを手助けする方法なんて……。

僕が諦めかけていた時、ミシャが泣き崩れるアニエに近づくのが目に入った。

ミシャはガシッとアニエの両肩を掴んで叫ぶ。

「アニエちゃん、しっかりしてください！」

「……ミシャ？」

「今、アニエちゃんが辛いのはわかります。でも、このまま泣いているだけじゃダメです！　悲しんでいるだけじゃダメなんです！　前を見てください！　サキちゃんが戦う姿から目を背けないでください！　サキちゃんはあなたのために戦ってるんですよ！」

「私の……ため？」

泣いていたアニエは、サキを見て少し考えるように顔を伏せてから、ゆっくりと立ち上がった。

アニエの目は涙で濡れているが、力強く前を、サキを見ていた。

そしてミシャは次に僕の方を見る。

「ほら！　フランくんも一緒に考えてください！　ここからでも何かできるはずです！　私たちの作戦係でしょう!?」

ミシャに一喝されて、僕は考えを改めた。

仲間が戦っているのに、実力差に屈してただ見ているだけなんて……父様と母様にきっと叱られるね。

「あぁ、わかった！」

声を張って答えたものの、どうする？

バリアはおそらく僕たちでは破壊できないほど強力なもののはずだ。ここから物理的な魔法で支援するのは難しいだろう。

でなければ、間接的な方法ならどうだ？

「闇魔法の精神干渉なら……いや、でも僕の精神干渉じゃ向こうの魔法を上回るほどの支配力はないし……」

その時、アニエが言う。

「精神干渉……そうだわ！　フラン、試してほしいことがあるの。ミシャとオージェも手伝って！」

アニエが僕たちを集めて話した作戦は僕の想像を軽く超えるもので、成功させられるか不安になる。

「そんなの試したことすらないよ。できるのかな」

僕が思わず呟くと、アニエは力強く告げる。

「できるできないじゃないわ。やってみてダメならまた考え直すのよ」

「……アニエらしいね」

「まぁ、リーダーだからね」

そう言って僕らは笑った。

いつものアニエに戻ったようだ。それじゃあ僕は、そのリーダーの期待に応えないとね。

「それじゃあ急いで魔法を構築してみる。三人は横になってくれ。召還(サモン)・ウィム」

みんなに指示を飛ばしてからウィムを召還し、僕は魔法の準備をする。

精神を形として捉えて、繋ぎ合わせるようなイメージ……ウィムと協力して、僕は三人の精神をまとめて、ロベルスさんたちの精神と結ぶ！

魔法のイメージが頭の中で固まると、足元に黒の魔法陣が浮かんだ。

「それじゃあみんな。たぶんそんなに長くは持たない。なるべく早く動いてほしい」

「わかったわ」

アニエの返事を聞いて、僕はウィムを見る。

「ウィム、いくよ。【精神接続(マインドコネクト)】」

肩に止まるウィムの力を借りて魔法を発動すると、横になっている三人の下にも黒い魔法陣が現れる。

◆

そして、三人は眠りに落ちるように意識を失った。

「ん……ここは？」

私――アニエが目を開けると、見覚えのない屋敷の中だった。

窓の外を見ると暗いから、夜なのかな？

「ここはどこっすか？」

声がしたので後ろを向くと、オージェとミシャも辺りを見回していた。ちゃんと三人で精神世界に飛べたのだとほっとする。

私はアンドレを助けた時にサキの闇魔法でアンドレの精神の中へ入ったことを思い出し、フランの闇魔法で私たち三人とパパ、ママの精神を繋いでもらえば、パパたちの精神世界に入れると考えたのだ。

ロンズデールは薬を使ってパパとママの精神を支配している、みたいなことを言っていた。それならその精神世界に入ることさえできれば、なんとか二人を助けられるかもしれない。

ひとまずちゃんと精神世界に入り込めたのはよかったけど……ここはどこかしら？

「これからどうしたらいいのでしょうか？」

尋ねてくるミシャに、私は答える。

「アンドレの精神世界では奥に核となる人格があったの。それを起こして……というか、思いっきり引っ叩いたら目を覚ましたんだけど」

「引っ叩いたって……荒療治（あらりょうじ）すぎるんじゃないっすか？」

「何よ、オージェ。文句あるわけ？　上手くいったんだから正解だったのよ」

「と、とにかく……ロベルス公爵様とナタリー様の核の人格？　を探してみましょう」

ミシャに言われて私たちは屋敷の中を歩いてみる。

すると、ある部屋から声が聞こえてきたので、三人で入った。

中にはパパとママと……ママに抱っこされてるのは赤ん坊の時の私？

ということは、ここは昔のオーレル家のお屋敷？

『ほらぁアニエス。面白い音がするおもちゃだぞーほらほら』

ママに優しく抱っこされた私に向かって、パパはカランコロンと音のするおもちゃを振っている。

その音を聞いて、私はきゃっきゃっと喜んでいた。

っていうか、昔の自分を見られるのはちょっと恥ずかしいわね。

ちなみにパパとママに私たちは見えていないらしい。

『もう、あなた。あんまりうるさくしちゃアニエスが眠れないじゃない』

『そ、そうか？　でも、もう少しくらい』

遊び足りなさそうなパパに、ママが首を横に振る。

『ダメよ。昨日もそう言って眠るのが遅くなっていたじゃない。アニエスが可愛いのはわかるけど、健康の方が大事なんだから』

『そ、そうかな？　はぁ、まったく。この天使のような可愛さ……やっぱりもう少し』

『ダーメーよ。私だってアニエスと遊びたかったのに、こうしてあなたに時間を譲ってあげているんだから』

や、やばい……顔から炎魔法が出そうなくらい恥ずかしい……。

私は耐えられず両手で顔を隠した。

「ふふふ、愛されてたんですね。アニエちゃんは」

「今もあんだけ可愛らしいといいんすけどねぇ」

ミシャとオージェが口々に言ってくるが、今のは聞き捨てならない。

「へぇ。どこが可愛くないか……言ってみなさいよ？」

「じょ、冗談っすよ！　その手なんすか!?　落ち着くっすよ！」

オージェを一発殴ってやろうと思ったところで、急に下の階から大きな音が聞こえてきた。

『何!?』

『僕が様子を見てくる！　ナタリーはアニエスとここで隠れているんだ！』

そう言ってパパは下の階へ走っていった。

私たちもパパの後へついていく。

パパに追いつくと、ちょうど黒いローブの集団が屋敷に入り込んでいるところだった。周りには、血を流した使用人さんたちが倒れている。

『き、貴様らぁ！』

パパが激怒して、黒ローブたちに向かって駆け出す。

一切の魔法発動を許さない魔法陣破壊（サークルブレイク）はやはり相当強力なようで、黒ローブたちはなす術（すべ）もなく倒されていく。

『はぁはぁ……』

それでも、数に押されて徐々にパパが疲れていっているのがわかる。

『あなた！』

そこへママが駆けつけて、二人は背中合わせになった。

『アニエスは？』

『部屋の見つからない場所に隠してきたわ。さっさと片付けましょう』

『あぁ』

そこからはパパとママが危なげなく黒いローブの集団を倒していく。

段々と不利に傾いていく戦況に、残った敵は仲間を回収して逃げ出した。

『僕はやつらを追う！　あいつらから、ただならぬ気配を感じた。ただの空き巣ではない気がするんだ。ナタリー、君はここに』

パパがそう言うと、ママは首を横に振る。

『私も行くわ。あなた一人じゃ危険よ！』

『だけど……』

迷いを見せるパパにママがさらに告げる。

『今追わなきゃ、犯人の足取りを見失うわ。あなたの魔力探知の範囲にだって限界があるでしょう？　大丈夫よ。私たち二人で倒せない敵なんていないわ！　でも、念のためにアニエスの顔を見ておこうかしら』

『……あぁ、そうだね』

パパとママは先ほどの部屋に戻り、私を包むように抱く。

『アニエス、すぐに戻ってくるからね。いい子で待ってるんだよ』

『もし、もし私達が帰ってこなかったら、健康に気をつけて元気に育つのよ。アニエスはきっと絶世の美女になっちゃうでしょうから、悪い人に騙されないようにね。それから、それから……』

『ははは！』

『何よ』

『いや、二人で倒せない敵なんていない、って言うわりに今生のお別れみたいなことを言うんだなと思ってさ』

『だって、本当に万が一もうアニエスと会えなくなって、適当にお別れをしたら絶対後悔しちゃうじゃない！』

パパはむくれるママの頭を撫でてから、私をベッドの上に寝かせて、優しく微笑んだ。

『それじゃあアニエス、行ってきます』

そうしてパパとママは屋敷を飛び出していった。

これがパパとママが出ていった日の記憶……私は恥ずかしいくらいに愛されて……私のことを守るために置いていかれた。

この国の貴族としての責務と、子を危険な目にあわせられないという親の責任。それら全てを考慮して、私を一人置いていくという苦渋の決断をしたんだ。

嬉しい気持ちと悲しい気持ちが混ざって……心の中がぐちゃぐちゃになる。

「誰だ貴様ら」

そんな中、突如冷たい声が響いた。

声の方を向くと、見るだけで鳥肌が立つような不気味な風貌の男が立っていた。

体は骨と皮しかないのではと思うほど細身で、まるで骸骨のようだ。

白く長い髪がさらに恐怖心を煽る。

まさかこいつが……。

振り向いた私たちを見て、男は目を細める。

「人形の娘だと？　どうやって精神世界に入り込んだ？　ガキが一人足りないことを考えると……そうか、残りのガキが闇魔法を使ったのか。あの歳で精神干渉魔法を使えるとは、なかなかの才能を持っているようだな」

一人納得したように気持ちの悪い笑みを浮かべる男に、私は尋ねる。

「あんたがロンズデールね？」

「ほう？　いかにも。私こそ栄光あるリベリオンの幹部、ロンズデール様だ」

「パパとママの体を返しなさい！」

私が叫ぶと、ロンズデールは小馬鹿にするように鼻で笑った。

「ふん、返す？　七年前、屋敷を襲った際に簡単に罠にかかった獲物を自分のものにして何が悪い？　この二体はいい。体は羽のように軽く、戦闘能力が高い上に特殊な魔法も持っているからな」

「七年前屋敷を……襲った？」

「あぁ、当時珍しい魔法を使う伯爵がいると情報が入ったからな。様子見のつもりで刺客を送り込んだのだが、かかった魚はなかなか大きかったよ」

ロンズデールはくっくっくっと癪に障る笑みを浮かべている。

私はさらに聞く。

「……どんな指示を出したの？」

「屋敷を襲い、可能であれば当主を捕らえよ。不可能であればそのまま退き、当主を釣り出せとな。まぁ、妻までついてきたのは思わぬ誤算——いや、嬉しい誤算だったな。あれはあれでいい人形になった」

「人……形……」

こいつが私のパパとママを苦しめて、私の友達を傷つけた張本人なんだ。

頭の中でロンズデールが言ったことと私の知っている情報を整理すればするほど、目の前の男に対して昔感じた憎しみが、怒りが再び沸き立つ。視界が狭くなっていき、呼吸もどんどん速くなっているのがわかった。

「お前のせいで！」

とうとう怒りが爆発し、気付くと私はロンズデールに向かって駆け出していた。

思いっきり顔をぶん殴ってやる！　そう思い走り出したのだが、直後なんの前触れもなく体が動かなくなった。

　ロンズデールが笑って言う。

「精神世界は私の庭だ。侵入できたくらいで調子に乗るな」

「この、このぉ！　放せっ！　殺すっ！　お前だけは殺してやる！　私が、この手で！」

「ふん、威勢のいいことだ。だが……」

　体をじたばたと動かし、声を荒らげて睨む私のことをロンズデールは嘲笑い、手を横に振り払うように動かす。

　私は手の払われた方向へ飛ばされ、屋敷の部屋の壁に叩きつけられる。すると体ではなく頭に激しい痛みが走った。

「くっ……この……何をしたぁ！」

「精神干渉は、脳への負担が激しい魔法だ。そのため精神世界でダメージを負えば、それだけ脳への負担が増す。いいお勉強になったな」

「こ、このぉ！　【雷電纏（エレクトウェア）】！」

　オージェが魔法を発動しようとするが、何も起きない。

「な、なんでっすか!?」

「精神世界で魔法が使えると思ったか？　この世界を司（つかさど）っているのは私だぞ？」

「ま、魔法がなくたって戦えるっすよ！　おりゃぁぁぁ！」

　オージェが私と同じように突っ込むが、ロンズデールによって止められる。

「学ばぬな。お前は何を見ていたんだ？　少しは頭を使ったらどうだ？　そこで反省していろ」

ロンズデールは邪魔な虫を追い返すように手を横に振り払う。それによってオージェも私の横に叩きつけられてしまった。

「う、うぅ……頭が痛いっす」

「オージェくん！　アニエちゃん！」

うめく私たちのところへミシャが駆け寄る。

私はなんとか立ち上がり、再びロンズデールへ向かって駆け出そうとするが、ミシャに腕を掴んで止められてしまう。

「ミシャ！　放しなさい！　あいつを殺して私は……！」

「アニエちゃん、落ち着いてください！」

「あいつが全部悪いのよ！　あいつさえいなければ、あいつを消せば全部上手く――」

「落ち着いてくださいって……言ってるんですよ！」

ミシャは叫びながら私の頬を叩いた。

私は思わずミシャの顔を見る。

「ミシャ……？」

「あなたはオージェくんですか!?　何も考えずに突っ込んで、返り討ちにあって一体何になるって言うんですか！　外でサキちゃんとフランくんが頑張っているんですよ!?　あなたのために頑張っているんですよ!?　それに報いるために今、あなたのするべきことはなんですか？　怒りに身を任

せて無謀な突進をすることじゃないでしょう!?　ふざけないでくださいよ！」

沸騰した頭が冷えていくのを感じる。

仲間に頬を叩かれるのは……すごく心が痛い……。

その痛みは怒りに支配されていた私の気持ちを落ち着かせるのに十分すぎるほどだった。

ミシャの言うことは、全てその通りだ。さっきまでの行いがいかに愚かだったかがよくわかる。

私はミシャに謝る。

「ごめんなさい……」

「もう落ち着きましたか？」

「うん」

ミシャは私の返事を聞くと、はぁ……と安心したように息を吐いた。

それからミシャが耳打ちをしてくる。

「わかってくれたならよかったです。ではアニエちゃん、ロベルス公爵様とナタリー様の核を探してください。ここは、私とオージェくんで時間を稼ぎます」

「な、何を言っているのよ！　私も一緒に……」

「ダメです。もし、この精神世界で対等にあいつと戦えるとしたら、この世界を作り出したロベルス公爵様とナタリー様だけだと思うんです。そして、あくまで予想ですが二人の精神が眠らされているとするなら、起こせるのは娘であるアニエちゃんだけです」

「でも……」

それでも二の足を踏む私に、ミシャは微笑みながら人差し指をぴっと立ててみせる。

「そういえば商業区で新しいカフェができたらしいですよ？　スイーツがとっても美味しいらしいです」

「こ、こんな時に何を……」

「そこで一週間スイーツをご馳走してください。それが今回のお礼とお詫びってことでいいですよ」

「じゃあ、俺はギユウ焼き一週間っすね」

ミシャがいつもと変わらない笑顔で言うと、それに便乗して、起き上がってこちらに歩いてきたオージェも要求をしてきた。

「ミシャ、オージェ……」

二人は私を守るように前に立つと叫んだ。

「さぁ！　早く行ってください！」

「引っ叩くならほどほどにっすよ！」

「……ありがとう、任せたわよ！」

ミシャとオージェがロンズデールに向かって走り出したのを見て、私は部屋の扉から廊下へ出る。

後ろから大きな音が聞こえるけど、二人の覚悟を無駄にしないためにも、振り返ってなどいられない。

私は屋敷の中をあちこち探し回った。

しかし扉という扉を開けて確認しても、パパとママの核は一向に見つからない。

「どこ、どこにいるの？　パパ、ママ……」

それでも諦めず、扉を開けては閉めるというのを繰り返す。しかしとうとう最後の扉を開けても二人の核は見つからなかった。

「そんな……いや、外かもしれないわ」

私は外に出るために玄関の扉を開けようとするが、扉は固く閉ざされていて開かない。

「な、なんで開かないのよ」

「何をしている」

私が苦戦していると、後ろからロンズデールの声が聞こえた。

その瞬間、何かに体を掴まれたような感触があり、次第に足が地面から離れていく。

「親の精神の核を探していたのか？」

ロンズデールはそう言いながら私の体をゆっくりと締め上げていく。頭が……痛い……！

「ミシャと……オージェは？」

「あぁ、あの二人なら少々遊んでやったら動かなくなったよ。他愛もない。今頃脳が負担に耐えられなくなって精神世界から弾き出されていることだろう。チョロチョロと動き回る青い髪の方には多少手こずらされてしまったが、まぁ問題はない」

ミシャ……私は手足をばたつかせて抵抗する。

「こ……のぉ」

「ずいぶんと悔しそうな顔をしているな。仕方ない、最後に会いたかった両親の顔を拝ませてやろう」

そう言ってロンズデールが左手を上げると、壁にヒビが入る。

壁が崩れると真っ暗な空間が現れる。その中心には黒いバラの蔓(つる)に捕らわれたパパとママがいた。

ロンズデールは私をパパとママの足元に放り投げる。

「パ……パ、ママ……」

「まったくこの二人といい、貴様といい……考えていることは家族のことばかりか。この空間でいつまでも同じような娘との甘ったるい映像ばかりを見せ続けられる私の身にもなってほしいものだ。王都へ送り込んでからも娘のことばかり、そんなことだからいいように利用されるのだ」

捕まっても……私のことを考えてたの？

記憶をいじられても私のことを想ってくれてたの？

こんな状態になっても私と楽しく暮らすことを夢見てくれていたの？

あぁ……悔しいなぁ……私にもっと力があったなら。サキみたいになれたなら……パパとママを助けられるくらい強かったなら……。

「貴様も放っておいたとて消えるだろうが、面倒だ。外の戦いも忙しい。今すぐ追い出してやろう」

そう言ってロンズデールはゆっくりと右手を前に出す。

助けられないのかなぁ。

フランとオージェに手伝ってもらって、ミシャに怒られて、ここまで来たのに。サキはまだ戦ってるのに、こんなところで……。

『起こせるのは娘であるアニエちゃんだけです』

ミシャの言葉を思い出す。

そうだ、私はパパとママの娘――この国の新しいブルーム公爵家の娘だ。

こんなところで諦められない。諦めちゃいけない！

でも私にはまだ戦える力がない。だから！

「お願い！　私の一生のお願いだから、目を覚まして。私の友達を、私を守ってよ！　パパァっ！　ママァっ！」

「何をしても無駄……ごはぁっ!?」

私が顔を上げると、パパとママを捕らえていたバラの蔓が千切れていた。

「ごめん、アニエス。また辛い思いをさせてしまったね」

「アニエス、もう大丈夫よ」

立ち上がったパパがロンズデールを殴り飛ばし、ママは優しく私を抱きしめていた。

ロンズデールが叫ぶ。

「き、貴様、なぜだ。なぜ目を覚ますことができたぁ!?　私の精神支配の魔法薬と憑依の魔法は完璧！　王都にいる時でさえも本体の精神は支配下にあったはずだ！」

「この時をずっと待っていたよ。お前が隙を見せてくれるのをね。さっきの青い髪の女の子は優秀だね。あの子に時間稼ぎをされてイライラしていたか？　それとも外で戦っている子によっぽど苦戦しているのかい？　こちらの支配力が落ちていたよ。それに愛娘に一生のお願いとまで言われて、それを聞かない親がどこにいる？」

「ふ、ふざけるなぁ！」

パパの言葉を聞いたロンズデールは手を振り上げた。

しかし、既にパパはロンズデールの懐に潜り込んでいる。

「ふざけるな？　それはこちらのセリフだ。これは、僕たちの体を使って苦しめてきた人たちの分！」

「がはっ！」

「これはアニエスの友達を傷つけた分！」

「ぐはぁ！」

パパはロンズデールに立て続けに拳を叩き込んだ。

よろめいたロンズデールの胸ぐらを掴み、右拳を強く握る。

「そしてこれは……アニエスに苦しみや痛みを与えた分だ。その罪は海よりも深い。二度と僕たちの中に入ってくるなぁ！」

パパはロンズデールの顔面を殴り、そのまま頭を地面に叩きつけた。

うわぁ……今、ぐしゃぁって音がした。

倒れたロンズデールは空気に溶けるように消えていく。

それを見届けてから立ち上がり、こちらを振り向いたパパはとても優しい顔をしていて、私はホッとした。

「アニエス……本当にすまなかった」

「ううん、いいの。お願いを聞いてくれたから」

私がパパに言葉を返すと、私を抱きしめるママの腕の力が強くなる。

「娘を守るのは、親として当然よ。お願いにも入らないわ」

「ありがとう」

それからパパが告げる。

「さぁ、早くここから出よう。きっと、アニエスの友達も待っている」

「うん。パパ、ママ……このまま消えちゃったりしないよね？」

たぶん大丈夫だとは思うけど、目を覚ましてまたサキとパパたちが戦っていたらと思うとすごく怖い……。

「大丈夫だよ。君たちのおかげで目を覚ますことができたんだ。だから、アニエスも安心するといい」

パパはそう言って私の頭を撫でてくれる。

あぁ……大丈夫。いつもの優しいパパだ。

私は静かに目を閉じる。

そして次に目を開けると、ミシャとオージェが心配そうに私のことを見ていた。

◆

「はぁ、はぁ……」

「そろそろ限界のようだな」

私――サキがロンズデールの操るロベルスさんとナタリーさんと戦い始めてどのくらいの時間が経っただろうか。

私は未だに反撃に移ることができずにいた。

それどころか時々相手の攻撃が当たるようになってきている。ナーティ様からいただいた【物理耐性】50％の常態スキルによってダメージが軽減されるおかげで攻撃を食らってもなんとか動けるけど、痛いものは痛い。

どこかで流れを変えないと、やられる！

「ネル流武術スキル・【花ノ型・霞】！」

攻撃を見切り、紙一重で回避するスキルでナタリーさんのかかと落としをかわし、私は大きく飛び上って手刀を放つ。だがロベルスさんが間に入り、私の攻撃は防がれてしまう。

「ネル流武術スキル・【結陽ノ型・炎天華】！」

ダメだ……どちらかが攻めて、どちらかが守っている以上、私は不利なまま。二人に対し同時に攻撃したくとも魔法は発動前に叩き割られてしまう。

ロベルスさんの陰から、ナタリーさんが現れ、私に回し蹴りを繰り出してくる。

回避が間に合わない！　両手に魔力を込めて防御するしか——

「うぐっ……きゃあ！」

なんとか耐えようとしたけど、勢いに負けて体ごと飛ばされて、壁にぶつかる。

物理耐性があるのにこのダメージ……まずい。

ロベルスさんが私に追い打ちをかけようと接近してくるのがわかるが、痛みで体が動かない。

「これでとど……ぐぁっ」

やられるのを覚悟したその時、ロベルスさんは突然うめきながら、頭を押さえる。

「う……うぅ、やめ、ろ……」

「何が起こったの？」

魔視の眼でロベルスさんを見ると、黒い魔力が頭から外へと糸状になって漏れ出しているのが目に映った。ナタリーさんも同じ状態だ。

状況についていけていない私に、ネルが思念伝達で教えてくれる。

『サキ様！　現在、フラン様たちの魔法によりロベルス様、ならびにナタリー様の精神が目を覚ましました！　あの黒い魔力の糸を物理的に切断すれば、完全にロベルス様達の精神を解放できます！』

「切断ってどうやるの!?」

『魔剣術スキルで糸のある空間ごと切断してください！』

「わ、わかった！」

私はネルに言われて念のため持ってきていた小刀を取り出し、二人に向かって駆け出す。

「ネル流魔剣術スキル・【一刀・輪】！」

魔力を込めた刀を黒い糸に向けて振り下ろす。

全力で小刀を振り抜き、二人から出ている黒い糸を魔剣術スキルで切断すると二人は地面に倒れた。

私はみんなを囲っていたバリアを解いて、くたっとその場に座り込む。

「「「サキ！」」」

みんなが私に駆け寄ってくる。いち早く私のところに来たアニエちゃんは、座り込む私を心配するようにしゃがんで顔を覗き込んできた。

「サキ！　大丈夫なの!?」

「大丈夫……ちょっと、疲れただけ」

「何言ってるの！　ここも……こっちも！　傷だらけじゃない！」

「大丈夫だよ。物理耐性があるから」

私が笑って言うと、アニエちゃんは目に涙を浮かべ声を上げる。

「そういう問題じゃない！　回復魔法をかけなきゃ」

「まだ、油断できないから魔力を温存しておいた方がいい……よ？」

「そ、それは……そうだけど。ごめんね……私のせい……だね」

そう言ってアニエちゃんは私を抱きしめる。

「困っている時に、助けるのが友達……だから」

「サキ、ありがとう」

私の肩にぽたぽたとアニエちゃんの涙が落ちてくる。

その涙はとても温かかった。私はそんなアニエちゃんを安心させるために頭を撫でてあげた。

「サキ、二人はもう大丈夫なのかい？」

少しふらつきながらフランが私に聞いてきた。

「ネルが二人の精神は完全に解放できたって言っていたから、大丈夫だと思う」

「そうか、よかった」

私の返事を聞いて、フランも安心したように地面に座り込んだ。

オージェが尋ねる。

「フラン、大丈夫っすか？」

「いや、さすがにあんな高度な闇魔法を使ったのは初めてでね。魔力を使いすぎたみたいだ」

フランの息は少し荒い。頑張ってくれたんだね。

そんなフランを見て、アニエちゃんは申し訳なさそうな表情を浮かべて言う。

「みんな、ごめんなさい……」

「何を言っているんですか、友達なんだから当たり前ですよ。それに、アニエちゃんは何も悪いことなんてしていません」

「そうっすよ！　あ、でも約束は守ってもらうっすからね」

ミシャちゃんとオージェが口々に言った。フランも優しい口調で口にする。

「まぁ、アニエにはいつも助けられているからね」

「ありがとう……」

アニエちゃんはみんなに頭を下げた。

その時、微かなうめき声がが聞こえてくる。

「うぅ……」

見るとロベルスさんとナタリーさんが意識を取り戻し、起き上がってきたところだった。

二人はこちらに気付き歩いてきて言う。

「アニエス？」

「アニエス！　よかった……本当によかったわ」

「パパ、ママ……もとに戻ってくれたのね」

ロベルスさんとナタリーさんはアニエちゃんを抱きしめながら涙を流していた。

そうして、しばらく抱き合った後、ロベルスさんが目元を拭って私たちの方を向いた。

「君たちが助けてくれたんだね。本当にありがとう。公爵家当主として、アニエスの親として、感謝するよ。そしてすまなかった。君たちのような子供をこんなところに来させてしまった」

頭を下げるロベルスさんに、私、フラン、ミシャちゃん、オージェが言葉を返す。

「大丈夫。みんな……無事だったから」

「そうだね、それに大事なことにも気付けたし」

「はい！　大変だったけど、いい経験ができました！」

「もう門の上を飛ぶんのはごめんっすけどね……」

オージェの慌てっぷりを思い出した私達は、思わず笑ってしまう。

そっか……やっと終わったんだ。

私たちのやりとりを見ていたロベルスさんが、アニエちゃんに言う。

「アニエス、いい友達を持ったな」

「ええ！　私の自慢の友達よ！」

ロベルスさんとナタリーさんに、アニエちゃんは笑顔で返した。

そんなことを言われたらこっちまで嬉しくなっちゃうね。

横を見るとみんなはとても誇らしげな顔をしていた。

しかし、みんながほっとしたその瞬間、大きな揺れが私たちを襲った。

◆

「村の制圧作戦に失敗した二人がこーんなところで何してるのかなぁ～？　あ、もしかして貴族連中を助けに来たとか？　それなら今がチャンスよ。この階層、私が今回の作戦にちょっと手を貸す代わりに使わせてもらっているからさぁ」

僕――フレルとキャロルの前に現れたミシュは、ケラケラと笑いながら言った。

だからここに来るまで誰とも会わなかったのか。

「ミシュ、あなたに聞きたいことがあるわ」

キャロルがそう言うと、ミシュは呆れたような顔をした。

「何よキャロル。私は話すことなんてないわよっ！」

ミシュが話しながら魔法で石を飛ばしてきた。しかし、その動きを読んでいた僕はそれを、風魔法で地面に叩き落とす。

昔からミシュは模擬戦の時に急に魔法攻撃を仕掛けてくる悪戯をしてきたのだ。

「あーら、昔はこれすら避けられなかったのに。成長したわねぇ～フ・レ・ル」

「そう言う君は、相変わらず土魔法の不意打ちかい？」

僕が挑発するように尋ねると、ミシュは少し表情を固くした。

「へぇ～言うようになったじゃない。負けそうになったら逃げる、自称天才魔法使い様」

「それは――」

「まぁいいわ。聞きたいことがあるんだっけ？　答えてあげるわよ。私を倒せたらね！」

ミシュが手を上げると、床から土の槍が僕たちを狙って伸びてきた。

「第四(クアル)ウィンド！」

「第四(クアル)グランド・ウォール」

槍を避けつつ僕は風魔法を放つが、土の壁で防がれる。

「第五(クイル)ウィード・バインド！」

「第四(クアル)フレア」

キャロルが土の壁に手をついて、壁の反対側で草魔法を発動させ、ミシュを捕まえようとするが、ミシュは炎魔法で草を焼やすことで回避した。

「二人とも成長してるわねぇ～。昔は二人がかりでも私に勝てていなかったのにぃ～」

「勝てていなかったって言っても、調子がよかった時だけでしょ！」

キャロルが言い返すと、ミシュは笑った。

「そんなことないわよぉ～。キャロルったらムキになっちゃってぇ～。成長してるって言葉、一部てっか～い」

「ムキになんて……なってないわよっ！」

キャロルはミシュに接近して体術戦に持ち込む。

二人の体術の戦績はほぼ互角だった。

しばらく足技主体の攻防が続く。

そしてそのまま二人が技の打ち合いをしながら廊下に出たので、僕も後を追う。

「キャロルゥ～あんなにお転婆だったあなたも、ママになったんだから、こんな姿を子供に見せられないでしょ？」

「ふん！　私たちの子はそんな些細なことで態度を変えるような子じゃ……ない！」

キャロルとミシュはお互いの足をまるで剣のように打ち合っている。

そして、渾身の力による一撃を互いに打ち、その反動で距離をとった。

キャロルは僕の横まで下がって、僕の方をキッと睨む。

あ〜これはあれだ……ムキになっている。

昔、対抗戦でも、ペアで動く時にムキになるとこうやって味方なのに僕の方を睨んでたもんなぁ。

「フレル！　あれやるわよ！　あの減らず口を黙らせて、王都の屋敷でじっくり事情聴取してやるんだから！」

「ははは……はいはい」

僕は苦笑いしながらキャロルに頷いてみせ、魔法の準備を始めようと集中する。

「あらあら、【共合魔法(アディションマジック)】かしら？　好きね〜昔からイチャイチャしちゃって」

共合魔法は他人と魔法を掛け合わせ、魔法を強力にしたり、新しい効果を加えたりする魔法だ。

僕とキャロルは昔から魔法の相性がよくて、いくつもの共合魔法を作っていた。

「あいっかわらずうるさいわね！　さらにパワーアップしているんだから！」

キャロルがミシュを指差して叫んだ。

早く魔法の準備をしなければ。もたもたしていると怒られそうだし……。

こんなことじゃ僕よりキャロルの方が強いって言っていたサキに言い返せないなぁ。

そんなことを考えながら、僕は左手を前に出して唱える。キャロルも続いた。

「【疾風の弓(ボウ・デ・ゲイル)】」

「【眠りの誘い花(スリープ・ハイドレンジア)】」

僕の左手を中心に緑の風が吹き、弓の形になる。その弓の弦（つる）に触れると矢が現れ、僕は呼吸を整えてゆっくりと右手で弓を引く。

そして、キャロルの手の前には淡い水色の花が六輪現れた。

「今すぐ戦闘不能に……してあげるんだから！」

キャロルが花を一輪投げ、僕が引く弓に番えられた矢に重なった瞬間、矢はキャロルの花と同じ、淡い水色の軌跡を描いてまっすぐミシュへ向かった。

「『共合魔法【付与魔弓（エンチャントアーチャー）・眠（スリープ）】』」

「こんな矢、簡単に——!?」

ミシュは矢を土魔法で撃ち落とすが、その瞬間に矢の周囲に花と同じ色の煙が巻き上がる。

やがて、その煙の中から口を押さえてミシュが出てきた。

「睡眠の毒とは小賢（こざか）しいことしてくれるじゃない！」

「あんたは風魔法を使えない。ちょっとは効いたんじゃない？」

「ふぅーん、猪のキャロルちゃんが頭を使うようになったじゃないの。それとも、そっちの自称天才魔法使いの入れ知恵かしら？」

「誰が猪よ！　そんな減らず口も、叩けないようにしてあげる！」

そう言ってキャロルは持っている花を全て投げつける。

僕はその花全てを射抜き、風魔法で矢をコントロールしてミシュへ向けた。

「これだけの数、防げるわけが——」

「【重力操作・＋3】」

しかしミシュが手を前に出して魔法を発動した瞬間、矢が全て床に叩きつけられた。

「成長してるのはあんたたちだけじゃないのよ？　でもまぁ、ここまで私と戦えるようになったあんたたちに特別ボーナス。聞きたいこと、今答えてあげる」

煙が消えたのを確認し、ミシュが魔法を解除しながら言った。

僕がどう聞いたものか考えていると、キャロルが前に出た。

「十年前、どうして私たちを裏切ったの？」

キャロルの質問に対して、ミシュは表情を少し曇らせた。

「ちょっとちょっと、敵の幹部がなんでも答えるって言ってるのに、公爵夫人たる者がそんな個人的な質問していいわけ？　もっとあるでしょう？　組織の目的とか」

「いいから答えなさいよ！」

キャロルが叫ぶと、しばらく沈黙が流れる。

それからミシュが口を開く。

「……そうねぇ。答える前に、先に私の質問に答えてくれるかしらぁ？」

「何よ」

「小さな頃から大事に育ててくれた両親、今まで一緒に鍛錬してきた友達、どちらかに味方しないといけないってなったら、あなたたちはどちらを選ぶかしら」

ミシュの言葉を聞き、キャロルは怪訝な顔をして尋ねる。

「その質問にはなんの意味があるのよ」

「いいから答えなさい」

「そんなの、正しい方に決まってるじゃない」

「正しい方？　なるほど、その正しい方と一緒に間違ってる方を倒しちゃうってことかなぁ～？」

僕はそこで口を挟む。

「いや、僕は……僕たちはきっと、正しい方と一緒に間違ってる方を正そうとするはずだ。たとえ、家族や友人が敵になったとしても」

僕とキャロルが目を合わせて頷くと、ミシュは告げる。

「ふぅ～ん、やっぱり、あなたたちの考え方嫌いだわぁ～」

「なんなのよ！　この質問になんの意味が――」

「教えてあげるわぁ～私があなたたちを裏切った理由。それはね、父さんと母さんにそうしろと命令されたからよ」

「え？」

疑問の声を上げるキャロルを無視して、ミシュはどこか寂しそうに語り出す。

「もともとリベリオンと繋がっていたのはね……私の親なのよ。温かく見守り、時に叱り、時に褒めてくれる優しい両親。でも、二人の実態は裏で国家反逆組織から金をもらい、密偵として暗躍する貴族だった。ある時、私は偶然その事実を知っちゃったわ。それから両親の態度が変わった。優しかった両親が急に私を突き放すようになったのよ。これが、どれだけ恐ろしいことかわかる？

子供にとって親がどれだけ大事か、あなたたちにもわかるでしょう？　当時の私はリベリオンのことを深く親に聞けなかった。もちろん親のやっていることが国家反逆罪に当たるんだってことは、子供でもわかるわ。それでも幼い私にとって親は全てだった。そんな両親に嫌われないように、気を引くためにそれはそれは努力したわ」

「それじゃあ昔、急に態度が変わったのは……」

ミシュは学生時代のある頃から急に雰囲気が変わり、常に余裕のない顔をするようになった。その理由をミシュ自ら明かす。

「必死だったのよ。他の何を失ってでも私は両親の目を、心を私に向けさせたかった。だから頑張ったわ。馬鹿みたいに、愚直に。毎日魔法と戦闘訓練に打ち込み、目の前の敵を全員なぎ倒していい成績を叩き出せば、また父さんと母さんは私のことを褒めてくれる……そう思って努力したわ。その年の中等科クラス対抗戦の前日、私は久しぶりに両親に呼び出された。叱られるにしろ、褒められるにしろ、私の努力はとうとう実ったんだ、やっと両親が私に構ってくれるんだって期待しながら、意気揚々と部屋に向かったわ。でもそこで告げられたのは、対抗戦で必ず決勝戦に行き、同じチームの友達……つまりあなたたち二人を襲うための作戦に協力するようにという指令だった」

僕とキャロルは黙って聞くことしかできなかった。

いつものおちゃらけた感じとは違い、寂しそうに語るミシュの表情には嘘偽りがなかったからだ。

それに、僕たちが集めた情報とも矛盾がない。

それよりもミシュは、僕たちのことを『友達』と言った。

もしかしてミシュは――

「これが理由よ？　満足かしら？」

ミシュはそう言って笑顔を作った。でも、その笑顔はとてもぎこちない。それに、両手を後ろで組んでいる。

無理に笑う時に両手を後ろで組む癖は変わらないんだな。

そんな沈黙を破ったのは、キャロルだった。

「……あんた」

「何よ？　もしかして、かわいそうとか同情なんて……」

「馬鹿でしょ？」

キャロルが放った言葉はとても衝撃的なものだった。

まさかあの話の後に、ミシュに『馬鹿』とは……。

「私たちのことを友達だと思っていたなら真っ先に言いなさいよ！　なめるんじゃないわよ！　国家反逆？　そんなの事が起きる前に処理すれば、この公爵様が揉み消したわよ！」

何を言っているんだこの妻は!?　揉み消すなんて人聞きの悪い！

慌ててキャロルの方を向くが、キャロルはまっすぐにミシュを見ていた。

「私たちからすれば、自分たちが襲われるよりも、友達が苦しい思いをしていて、しかも急に会えなくなる方が辛いに決まっているじゃない！」

よく見ると、キャロルの目には少し涙が浮かんでいた。

そうだ。キャロルはあの時、襲われたことよりも、ミシュが国を、僕たちを裏切って出ていったことをとても悲しんでいたっけ。

「こ、これだからこの猪ちゃんは困るわ！　それじゃああなたたちに相談すれば、父さんと母さんは捕まらずにリベリオンと手を切れたって言うの⁉　私が悩みに悩んで、苦しんで、張り裂ける思いで下した決断を馬鹿ですって⁉　勝手なこと言ってんじゃないわよ！」

先ほどまでの余裕な態度ではなく、子供のように叫ぶミシュ。

昔の口喧嘩を見ているみたいだ。懐かしく思う反面、これほどミシュが悩んでいたことに気付けなかった、昔の自分を殴り飛ばしたい気分だった。

「ミシュ、君はやっぱり好きでリベリオンにいるわけじゃ……」

僕の言葉を遮るようにミシュが声を上げる。

「ええ、そうよ！　今となってはその決断には後悔しかないわ！　魔法の実力が認められて幹部にもなった！　でも、そんなのは脅されて嫌々任務をこなすうちに強くなってしまっただけよ！　私だって……私だってもっと二人と一緒にいたかったわよぉ！」

ミシュの目からは涙が溢れ、頬を伝って地面にぽたぽたと落ちる。

彼女も僕たちと同じだ。後悔と悲しみに苛まれて苦しみ続けていたんだ。ミシュの口から出てくる言葉を聞くごとに、『リベリオン』という組織への敵対心が増していった。

「だったら私たちを頼りなさい！　私もフレルももう子供じゃない！　あなたの力にだってなれるはずよ！」

キャロルの言葉にミシュがたじろいでいる。

「何を言ってるの……？　わ、私はリベリオン幹部よ！　街も襲った、生徒も襲った、今さら何をしたって昔のようになれるわけがない！」

「だからこの公爵がなんとかするって言ってるじゃない！　私はまたミシュとフレルと三人でいたいだけなのに……あんたがそんなんじゃ、何も始まらないじゃない！　あんたがまだリベリオンにいて王都を襲うって言うなら、私たちが全力で止める！　また間違ったことをしようとするなら、命をかけてでも正しい方へ引っ張るわ！　それが友達の務めってもんでしょうが！」

キャロルが叫ぶと、ミシュは何も言わずに下を向いている。そして、ぽつりと零した。

「今からでも……間に合うのかなぁ」

「だからこの公爵が」

「揉み消すことはできないけど、なんとかすることはできるかもしれない。だからミシュ、僕たちと一緒に――」

僕がそう言うと、ミシュはゆっくり首を横に振る。

「フレル、キャロル……でも、ダメなの……私が頑張らないと、父さんと母さんは……」

瞬間、頭の中に大きく響いたのはヒビ割れたような、悪意に満ちた声。

『やっと隙を見せたな……』

「「……!?」」

僕とキャロルが驚いてミシュを見ると、何か黒い霧のようなものが彼女を取り囲んでいた。

ミシュが頭を押さえて叫び出す。

「う……ああああぁぁぁ！」

『貴様の心が揺らぐ時を待っていたぞ、ミシュリーヌ。オーレルの人形は奪われてしまったからなぁ。かねてより、貴様の魔法もいつかは私のコレクションにしてやろうと思っていたのだ。貴様の体は依代（よりしろ）にするにはぴったりだ。それに、魔王様への忠義を、友情などという下らないもので揺らがせてしまうような者に、幹部でいる資格はない。その体、私がありがたく受け取ろう』

「ロンズデール……なんのつもりよ……」

「ミシュ！」

キャロルがミシュを助けるために近づこうとするが、土魔法によって阻まれた。

ミシュは僕たちに向けて言う。

「ダメよ……今は早く、逃げなさい……」

『ふん、そもそも貴様の行動はずっと気に入らなかったのだ。こいつらを襲う際もその他の計画も、貴様は最低限の被害で済むように仕組んでいたな。そんなことをしているから貴様の両親を人質に取らねばいけなくなったのだ』

ロンズデールの言葉に、僕は思わず声が漏れる。

「なんだと……？」

ミシュは両親を人質に脅されていたのか!?　それに、ミシュはいつも被害が少なくなるようにしていたという。それは本当に誰も襲いたくなんてなかったということだ……それなのにこいつは……！

「ロンズ……デェェェル！」

僕は黒い霧に向かって、弓を構えて風の矢を一気に十本放つ。

しかし、矢は霧を捉えることなく、壁に大きな痕を残しただけだった。

『無駄だ。この状態の私に攻撃することはできない。それにしても本当に往生際が悪いな……腐っても幹部の一人。並の精神力ではないということか。まったく……では、頑張っている貴様に一ついいことを教えてやろう』

ロンズデールはまるで笑いを堪えるような口調でミシュに告げる。

『貴様の両親は、もう生きてはいない』

「え……」

それを聞いたミシュは明らかに動揺していた。

「そ、そんな……嘘よ！　約束したじゃない！　任務さえやり遂げれば二人に危害は加えないって！」

『ただ捕まえておくのももったいないだろう？　だから、薬の実験台にしてやったんだ。実験中はずっと貴様の名前を呼びながら謝っていたなぁ。実験台の中では長持ちした方だ。その子供である貴様も、こうしてしつこく耐えている、やはり親と子は似るものだ』

「嘘……嘘よ……父さんと母さんがもうこの世にいないなんて……」

ミシュの目からは再び涙が流れ、地面に落ちた。

『やっと心が折れたようだな』

ロンズデールがそう言うと黒い霧は集まり、ミシュの体の中に吸い込まれていった。

「くっくっく……やはりこの体も素晴らしい。魔力の質、身体能力の高さ、全てが高次元だ」

「このっ！　ミシュを返せぇ！」

ミシュの体を乗っ取ったロンズデールを見てキャロルが手を突き上げると、大量の蔦（つた）がまとまり大きな拳のような形になる。

そして、目掛けて振るう。

しかしロンズデールは焦ることなく手のひらを前に向けた。

「【重力操作（グラビティコントロール）・＋5】」

ロンズデールが魔法を唱えると、蔦の拳が地面に落とされた。僕たちも何かにのしかかられるような感覚に襲われ、立っていられなくなる。

「ぐ、あぁぁぁぁぁ！」

「あああぁぁぁぁ！」

負荷が大きすぎる！　呼吸すらしにくくなり、苦しい……！

「貴様らのような者が公爵家だとは笑わせる。やはりこのような国はさっさと消さねばな。何、もうすぐ魔物の群れが王都を襲う。それで終いだよ。この基地は今から爆破し、我々は王都へ向かう。貴様らは仲良くここで潰されるがいい！」

圧力がさらに強くなり、とうとう床にヒビが入り、僕とキャロルは下の階に落ちてしまった。

8　みんなの力

「何⁉」

大きな揺れにアニエちゃんが焦る。

「まずい！　天井が崩れるぞ！　みんなこっちに！」

ロベルスさんの言葉に全員が頷き、走って部屋の隅へ移動する。動けない私――サキとフランは
ロベルスさんに抱えられている。

ちょうど全員が移動を終えたところで、天井が崩れ落ちた。

「あれはなんだい？」

フランがもといた場所を指差して言う。

視線を移すと、土煙の中に人影があった。

私はなんとか立ち上がり、すぐに魔法が撃てるように手を前に向ける。

「サキ？」

「誰かいる……」

私がフランに答えると、ロベルスさんとナタリーさんが私たちの前に立った。

「君たちのことは、僕らが守る」

「ええ。娘も、その友達も絶対に傷つけさせないわ」

さすが公爵家……前にいてくれるだけですごく安心する。

「けほっけほっ……ミシュ！」

「くそっ！」

瓦礫の中から現れたのはなんとママとパパだった。

ロベルスさんが声をかける。

「フレル、キャロル！」

「ロベルスさん⁉　いや、違う……ロンズデールだな！」

そう言ってパパは緑の弓をロベルスさんとナタリーさんに向けた。それを見て、フランが慌てて前に出る。

「待って！　父様！　母様！」

「フラン⁉」

「何してるのこんな……ってサキちゃんにアニエちゃんもいるじゃない⁉」

驚くパパとママにフランが告げる。

「それについては後で説明するよ。とにかくロベルス様とナタリー様はもう操られていないんだ」

ロベルスさんも気まずそうに釈明する。

「そういうことなんだ。信じられないかもしれないが、君の子供やその友達のおかげで、僕とナタリーは支配から逃れることができた」

「そうなんですか……いや、今はそれどころじゃない！　みんな早くここから――」

パパが何かを言いかけた時、先ほどよりも強い揺れが来る。

「な、なんっすか⁉」

「まずい！　基地の自爆が始まったんだ！」

オージェがびっくりしたように言うと、パパが叫んだ。

基地の自爆⁉　それはまずいよ。だってここに来るまで、すっごく階段下りてきたもん！

「とにかく急いで……」

ママが話している途中に、私たちの上の天井まで崩れ始めた。

やばい！

「第四ライト・セ・バリア！」

私は全員を囲むようドーム状にバリアを張る。ワーズを使用した強化版だ。

バリアを張った瞬間、天井が本格的に崩れた。

しばらく揺れが続き、収まる頃にはバリアの周りは瓦礫と土で囲まれていた。

「まずい……早く王都に戻って王様に伝えないといけないのに……それにミシュも……」

「そんなことより、まずはここからどうやって出るかが重要よ」

焦るパパを見て、ママが宥めるように言う。

確かに、このままじゃみんなで生き埋めだ。私のバリアだってずっと持つわけじゃない。

「ネル、これだけ壁が崩れていても、まだ空間魔法は使えない？」

私がそう聞くと、肩に乗っていたネルが答える。

『この基地にある空間魔法阻害の仕組みは、魔法の伝達を阻害しやすい鉱石を用いることで成立しています。基地がほとんど崩れてしまったことで、その鉱石がさらに複雑に配置され、空間魔法の発動がより難しい状況になってしまいました』

「そうなんだ……」

パパたちを見てもまだ答えは出ていないみたい。

でもまぁ、それもそうか。

こんな時の対処法なんて、そうそう思いつくものでもないだろうし。

しばらくみんなであぁでもないこうでもないと脱出の方法を話し合ってみるけど、いいアイデアが出てこない。

「はぁはぁ……あの、なんだか息苦しくないですか？」

ふと、ミシャちゃんが苦しそうに言った。

言われてみれば、なんだか息苦しいかもしれない。ネルが告げる。

『地中にいるため、酸素の供給が間に合っていないものと思われます』

「えぇ!?」

言われてみれば当然だ。だって地面の中だもんね!?

「サキ、ネルはなんて言ってるんだい？」

パパに聞かれたけど、酸素とか言って通じるのかな、この世界の人……。

「えっと……空気が足りなくなってて、地面の中だから新しい空気を入れることもできないから……」

「なんだって⁉　急がないとまずいな」

「うぅ……なんとか思いっきり上に向かって魔法を撃って、穴を空けられないっすかね」

オージェが言った。

穴が空くほどの魔法……私が上に向かって第九魔法を……いや、でもそれじゃあ魔力を消費しすぎる。それに、ロベルスさんの前で第九魔法を使うのはまずい気がする。なるべく強い魔法の使用は控えるようパパに言われてるし。

でも、そんなことを言っている場合じゃないかもしれない。

「みんなの魔法を合わせたら……」

アニエちゃんがふと呟いた。

「魔法を合わせる……そうだ！　オージェ！」

「へ？」

フランに急に呼ばれたオージェは、キョトンとした顔をした。

「テリーを召還してくれ！」

「わ、わかったっす！　召還・テリー！」

オージェはフランに言われて魔石からエレクトロドッグという犬の従魔テリーを召還した。

テリーは嬉しそうに尻尾を振りながら、オージェに向かって前脚を上げ構ってもらおうとしている。

「テ、テリー！　今は遊んでる場合じゃないんすよ」

フランが口を開く。

「よし、みんな。まずは作戦を説明するよ。今から上に向かって大きな穴を空ける。そうしたら空間魔法を使用できるだろうから、サキの空間魔法で脱出しよう」

「大きな穴はどう空けるんすか？」

「テリーの特性を最大限生かした攻撃を、地上目掛けて放つ」

テリーは特殊な能力を持っている。

盾を展開し、相手の魔法を防ぎつつ、その魔法の魔力を一部体内に取り入れて溜める能力だ。

テリーはエレクトロドッグでも遠い東の地にいたせいで、通常身につけることのない能力を獲得したのではないかと魔石研究所のマリオンさんが言っていた。

本来エレクトロドッグは魔力を吸収するどころか、盾を展開することすらできないらしい。

これだけ見れば、テリーは相当優秀な魔物だ。

でも……。

「テリー！　そ、そんなビビってちゃダメっすよ！」

テリーはみんなの視線から逃れるように、オージェの後ろに隠れている。

臆病な性格なんだね。

フランがみんなに向けて言う。

「テリーの盾はどれだけ負荷をかけても大丈夫なわけではないから、僕たちはテリーの盾にダメージを与えないように魔力を注ぐんだ。テリーの限界ギリギリまで魔力を溜めて、それを放つ。オージェ、できるかい？」

「な、なんとか説得するっすよ！」

「任せるよ。僕たちはその後のことを話し合おう」

オージェはテリーの説得、私たちは話し合いを始める。

議題は空間魔法が使えなかった時の代わりの方法、テリーの限界の測り方、その後の行動などについてだ。

「見てフレル……私たちの子が、あんなにも立派に成長してるわ」

「あぁ、本当に……あの時、サキを連れてきた僕の判断は正しかった。あの子はもしかしたら、いつかこの国を救うことになるかもしれない」

パパとママが横で何か話をしているが、よく聞こえなかった。

とにかく、私は空間魔法が使えなかった時に使う魔法のイメージを固めよう。


会議を終える頃には、かなり呼吸がしづらくなってきていた。

フランが告げる。

「オージェ、いけるかい？」

「大丈夫っすよ。テリー、頼むっす。みんなを助けられるのはお前しかいないっすよ」

「わおん！」

テリーが吠えると、その小さな体の前に黄色い盾が現れる。

私はネルに声をかける。

「ネル、お願い」

『かしこまりました』

「父様、母様。ロベルス様とナタリー様も、手を貸してください。この盾に魔力を一緒に注いでほしいんです。限界を知らせる合図は、ネルに頼んであるので」

フランが頼むと、四人とも快く頷いてくれた。

「わかった」

「もちろんよ」

「魔力ぐらいいくらでも持っていってくれ」

「私もまだまだいけますよ」

大人四人が盾に触れると、フランはさらに告げる。

「サキとアニエは脱出に備えて待機していてくれ。オージェ、ミシャ、僕たちも盾に魔力を注ごう。よし！　みんな、いくよ！　せーの！」

フランの声に合わせて盾に魔力を注ぎ始めた。

魔視の眼で確認すると、テリーの体にものすごい量の魔力が溜まっていくのがわかる。

『あと五秒ほどで止めてください』

私はネルが言ったことをみんなに伝える。

「あと五秒くらいで止めてだって！」

「了解……三、二、一、止めて！　オージェ！　サキ！」

「テリー！　いくっすよ！　【勇気の雷撃（エレクトロブレイブ）】！」

「うぅ～わおーん！」

テリーは上に向かって可愛らしい鳴き声を上げると同時に、声にまったく似合わない威力の雷撃を放つ。

私はテリーが雷撃を放つ直前にバリアを解除し、できるだけ威力を殺さないようにした。

雷撃は遥か上空まで飛んでいき、私たちのいた位置からポッカリと直径三メートルほどの穴が空く。

「くぅ～ん……」

テリーの体が消え始める。魔石に注ぎ込んだ魔力分を使い果たし、魔石に帰る時に起きる現象だ。

「テリー、ありがとうっす。帰ったら美味しいもん食べさせてやるっすからね」

「ネル、空間魔法は？」

私が尋ねると、ネルは答える。

『残念ながら、この穴だけでは妨害は取り除かれていません』

「そっか……」

「よし、それじゃあ第二案の方で行こう。アニエ、ミシャ、サキ、頼んだよ」

フランはすぐに次の指示を出した。

「任せてください！　召還（サモン）・コッちゃん！」

「次は私がみんなを助けるわ！　召還（サモン）・クルラ！」

アニエちゃんとミシャちゃんが魔物を召還する。

アニエちゃんは「たくさん働かせてごめんね、あと少しだから」とクルラの頭を撫でると、クルラは気にするなと言わんばかりに翼を広げてみせた。

「サキとアニエ以外はできるだけ穴の中心に集まって。ミシャ！」

「はい！　コッちゃん！　【水玉（ドットボール）】！」

ミシャちゃんは私とアニエちゃん以外の人たちを水玉で包む。

「第二（ダブル）アクア！」

ミシャちゃんは続いて水魔法で、私とアニエちゃんの二人と、水玉を繋ぐための水の紐を生成した。

私はそれをしっかりと体に巻きつけた。

「アニエちゃん。準備できたよ」

「こっちもいつでも大丈夫よ！」

私とアニエちゃんは頷き合って、月を見上げた。

私は魔法を発動するために魔力を込める。

しかし疲労のせいか、上手く魔力がまとまらない……。

「サキ？　大丈夫？」

「うん、少し疲れているだけ……もうできるよ」

チラッとアニエちゃんの表情を窺うと、心配そうな表情だ。

「不安？」

「えぇ、正直できるかどうかまだ不安だわ。こんなの、ほとんど魔術難問みたいなものじゃない？」

私は魔力に集中しながら、不安そうにしているアニエちゃんの手を握る。

「大丈夫だよ。私とアニエちゃんなら、魔術難問にだって負けないんだから！」

「サキ……」

そうだ、今から行うのはまさしく魔術難問の空中浮遊に近いもの。

アニエちゃんが不安になるのもわかる。

でも、私はアニエちゃんを信じている。私の友達は努力を惜しまない天才なんだから。

「第六ウィンド(セクル)」

私はテリーが空けた穴より一回り小さい翼を作る。

脱出のためのプラン二は私の翼の飛翔とアニエちゃんの炎魔法を組み合わせるというもの。翼を羽ばたかせる力と炎による推進力を利用して脱出する算段だ。

私が翼を作ったのを見て、アニエちゃんは水玉の上に乗る。

「サキ！　大丈夫よ！」

私は大きく翼を羽ばたかせる。

「うん……せーっの！」

翼を広げたタイミングで私は穴の出口に見える月を目印にジャンプする。それに合わせてクルラも飛んでくる。

そして跳躍によって生まれた勢いを殺さぬよう、翼を何度も羽ばたかせて飛んだ。

水玉を引っ張りつつでもなんとか穴の半分くらいまで来ただろうか。

やはり私の三半規管は空中で制御しきれない体の揺れに長時間耐えることはできないらしく、気持ち悪くなってきた……。

アニエちゃんが私を見て声を上げる。

「サキ!?　顔色が悪いけど大丈夫!?」

「ちょっと……もうきつい」

「わかったわ、後は任せて！」

私の返事を聞いて、アニエちゃんがクルラを呼ぶ。

「サキ！　準備できたわ！」

「お願い……」

私は翼を動かすのを止め、大きく翼を広げた。

「クルラー！」

アニエちゃんが叫ぶとクルラは高らかに鳴き、激しい炎を噴出させる。

それにより水玉は再び月目掛けて上昇を始めた。

「もうちょっと！」

「……抜けた！」

私たちは穴を抜けてそのまま地面に着地する。

そのタイミングで水玉が割れる。

「サキ！　アニエ！」

みんなが私たちのところに集まってきた。

「なんとかなったー……」

安心して地面に座る私に、パパが深刻そうな顔で尋ねてくる。

「サキ、ありがとう。そして、立て続けにすまないが、ここから空間魔法で王都まで飛べるかな？」

パパも無理を言う……正直魔力は切れかけだし疲れた。だけど……。

「できなくはない……」

「本当か!?」

「でも……」

できればやりたくないな。今のところ急ぐ理由はないのだし……私がそう思っていると、パパが真剣な顔で告げる。

「頼むサキ。このままじゃ王都が滅びるかもしれないんだ」

「え？」

パパの言葉は、脱出に浮かれる雰囲気を凍らせるには十分すぎるものだった。

「王都が滅びる……？」

「あぁ」

「フレル、王都が滅ぶとはどういうことだ」

ロベルスさんに聞かれて、パパは鞄から一枚の紙を取り出した。

「これはさっき見つけた王都侵攻の作戦が記された紙だ。そこにはこう書かれている。第一段階として、オーレルの記憶および体を操り王都へ侵入、偽の情報を伝える。ただし、あからさまな嘘では気付かれかねないため、偽の情報は魔物の数についてのみ。そしてなんらかの対抗策を立てたところで、第二段階へ進む。基地の制圧に来た貴族を捕縛した後、基地もろとも爆破。そして今回の作戦に参加する全兵で王都へ向かい、総数千体の魔物と共に攻め込むこととする」

せ、千体!?

「しかも、王都を囲むように四方から二百五十体ずつ攻め込むらしい。一箇所に集まっているならまだしも、急にこの数の魔物が多方向からとなると、対応は難しい。もし魔物が一体でも王都に侵入すれば……」

「死者が出る可能性がある、か」

ロベルスさんが苦々しく呟いた。

そりゃ今すぐにでも王都に行かなきゃだよね。

「今ならまだ間に合うはずだ。今すぐに戻って対策を練れば勝算はある。サキ、情けない親ですまないとは思っている。だが、今は君に頼るしか方法がないんだ」

そう言ってパパは私に頭を下げようとする。

「やめて」

私は慌ててそれを止めた。

「私のパパなら子供に頭を下げるなんて……やめて」

悪いことをしたならまだしも、親には頼み事で子供に頭を下げてほしくない。

私のことを本当に家族だと思ってくれているのなら、そんなことしないでほしい。

「サキ……」

「わかった、やる」

「ほ、本当かい⁉」

「ただし約束して。私のことを家族だと言ってくれるなら、パパは私に頭なんて下げないで」

「……ああ、約束する。情けないところを見せてしまったね」

嫌だけど、これもみんなのため。

私は収納空間から緑の薬が入った瓶を取り出した。

「いい？　これは内緒にしないとダメなんだからね？」

私がそう言うと、みんなが頷く。

私は瓶の蓋を開けてその薬を飲んだ。

これは私が森にいる時に開発をしていた魔力回復薬で、あの時の薬研究の中で最も難易度が高く、かつ唯一未完成の薬だ。

その未完成な部分が怖くて使いたくはなかったけど……王都の危機とあってはしょうがない。

うぅ、相変わらず苦い。私は思わず顔をしかめた。

薬を飲み干すと、体が熱くなるのを感じた。魔力が体中に溢れているのがわかる。薬が効いている間は、いくら力を使っても魔力が尽きることはない。

「魔力が溢れているわ……」

「サキちゃん、凄すぎます」

アニエちゃんとミシャちゃんが私のことを見て呟いた。

ここだけ見たら便利な薬にしか見えないもんね。

「フレル様！」

ふと声が聞こえその方向を見ると、たくさんの貴族の人たちがこちらに向かって走ってくるところだった。

パパが先ほど名前を呼んできた人を見て声を上げる。

「フレデック侯爵！　ちょうど良かった、急いで空間魔法で王都に戻る！　説明は後でするから、今は何も言わずに従ってくれ」

「……そちらのロベルス様のこともご説明いただけるのですかな？」

そう言ってフレデック侯爵はロベルスさんを睨む。

何があったか知らないけど、時間がもったいないから早くぅ！

「フレデック侯爵。私から説明と償いはちゃんとする。だから今は堪えてくれ」

「……かしこまりました」

ロベルスさんの言葉にフレデリック侯爵は頷いた。それからパパが尋ねてくる。

「すまない。サキ、ここにいる全員でも大丈夫かい？」

「大丈夫」

「よし、頼むよ」

「第六(セクル)ディジョン・テレポート！」

私は空間魔法を発動させて、全員まとめて王都まで移動させた。

王都の門の前に着くと、パパはすぐに門の兵士のところへ走っていく。

事情を説明するや否や、私たちはすぐに王城へ向かった。

王城へ入る前にミシャちゃんとオージェは家に帰ることになった。もうすぐ夜が明けるけど、今家に戻ればギリギリバレないと思う。もしバレてもパパが説明しに行ってくれるそうだ。

王城に着いた私たちは、そのまま王様のいる部屋に通された。

「どうしたんだよ、こんな夜中に」

王様があくびをしながら聞いてくる。

「至急、全貴族家と冒険者に対して、協力要請を出してください！　もう間もなく魔物の大群が攻めてきます！」

のんびりした王様に対して、パパは慌てた様子で言った。

「魔物の大群？　リベリオンのやつか？　お前なぁ百体くらいの魔物で……」

「千体です！」

パパの千体という言葉に王様の表情が変わる。

「なんだと？」

「これを見てください！」

パパはリベリオンの作戦が記された紙を机に置いた。

王様はその紙を読み、パパを見る。

「これは事実か？」

「基地で見つけてきたものなので、信憑性は高いです」

王様はパパの言葉を聞いた後、鋭い視線を紙に戻した。

「東西南北から二百五十体の魔物……どうする？　種類や大きさにもよるが、討伐には相当な戦力が必要なはずだ」

有事の際に貴族家は各公爵家に指示をあおいで行動するらしい。

普通に考えれば、戦力を一瞬で揃えられるわけではないし、どうするんだろう。

「壁には魔法障壁がありますが、それも物理的な攻撃に効果は薄い。アルベルト家とブルーム家で一方向ずつ当たったとしても残り五百……」

パパが思案するように言葉を並べていると、王様がため息をついて言う。

「はぁ～しゃあねぇ、一方向は俺が受け持ってやる」

「お、王様がですか⁉」

「んだよ、文句あんのか？　それしかねーだろうが。にしても、あと一箇所残ってるのはどうすっかなぁ」

しばらく王様たちは無言になる。

二百五十体……魔物の種類はわからないけど、薬の効果が続いてる今だったら……。

『ネル、今の私ならいける？』

私は思念伝達でネルに尋ねると、ネルが答えてくれる。

『魔力回復薬の効果時間内であれば可能と思われます。今のところ、王都周囲を拡大して魔力探知を行っても魔物の大群と思しき反応はありません。おそらくメンバーの魔力を用いて召還した魔物を使うのでしょう。いくら戦闘訓練をしているとはいえ、一度に出せる魔物は小型のものでも一人につき五体が限界でしょうし、そのことを考慮すれば、大型の魔物は少ないものと考えられます』

小型の魔物時々大型……それならギリギリ大丈夫かな。

私はさらに聞く。

『薬の効果は？』

『飲んだ時間を考えますと、朝までは持つかと』

『どのくらいで攻めてくるか予想はつく？』

『方法はわかりかねますが、馬での移動と仮定し、出発した時間を考慮しますと、あと二時間ほどです』

かなり厳しい状況みたい。でも、王都が滅んじゃうなんて嫌。

ここは私の大切な街。大切な人たちと過ごすための大切な場所。

だから私も力になりたい。

「あ、あの」

「ん？　なんだい、サキ」

「え、えっと……あと一箇所、私が行くよ」

私がパパに答えると、その場にいた全員が驚きの表情を浮かべる。ただ一人、王様を除いて。

「な、何言ってるの！　二百五十体よ!?　いくらサキちゃんだって危険よ！」

「キャロルの言う通りだ。サキはアニエを助け、僕たちをここへ転移させてくれただけで十分すぎる働きをしているよ。そんなことまでしなくてもいいんだ」

「じゃあ残った一箇所はどうするの？」

私の質問に、パパとママは何も言い返さなかった。

いや、言い返せなかったと言うのが正しいかもしれない。

パパとママ、それとたぶん王様も私の魔法のことを知っているはずだ。

私が二百五十体の魔物に対抗できる可能性があることも、たぶんそれしか方法がないことも。

でも、王都を襲う魔物に八歳の女の子を送り込むことを簡単に容認する親も大人もいないだろう。

ましてや、養子の私を我が子のように可愛がってくれているパパとママのことだ。

自分の子が戦地に向かうことを認めてくれるはずもない。

「サキ、お前はなんのために戦ってんだ？」

「え？」

王様に急に聞かれ、私は一瞬言葉に詰まった。

王様は椅子から立ち上がり、しゃがんで私の目をまっすぐ覗き込んでくる。

「名声が欲しいからか？　自分の魔法を見せたいからか？　仲間のためか？　国のためか？　なんのために戦ってんだ？　強さを得るのは簡単じゃなかったのだろう。だが、お前はまだガキだ。戦うことは公爵家に名を連ねていたとしても、義務じゃねぇ。子供がわざわざ命を捨てるようなことを言うな」

王様はたぶん、私に怒っている。

この国の王として、大人として、子供の私の身を案じてくれているのだろう。

それでも私は……。

「……友達のため、家族のため、それはもちろんあります。でも何より、これは私のため」

「自分のため？　わざわざ危険な場所へ身を投げることが自分のためだと？」

「そうです。私はもう二度と大事なものを失わないようにこの力を身につけました。だから私は守るために戦うんです。この国は私のことを家族と言ってくれた人、友達と慕ってくれた人、そんな人たちと過ごすための大切な場所だから……私は私の大切な場所を、私のために守るんです。私の幸せのために戦うんです」

王様の前で、私は自分の意志を告げた。

この国には大切な思い出がたくさんある。大切な人たちがいる。私はこれからもここで生きていく。

その邪魔なんて絶対にさせない。

すると王様は、私の頭をくしゃりと撫でた。

「そうか。お前はやっぱり、俺の見込んだ通りのやつだったよ。よし、サキ。お前に一方向任せる」

その言葉を聞いて、パパが驚きの声を上げる。

「王様!?」

「お前らの子供がこうやって覚悟見せてんだ。それを信じてやんのも親だろうが。ほら」

そう言って王様はパパとママの後ろに回って、背中を押す。

私の前に立つ二人はなんて言っていいかわからない様子だ。

「パパ、ママ。ごめんなさい。私、わがままばっかり言ってるね」

「サキちゃん！」

ママは私の言葉を聞いて私を抱きしめる。

私もママのことをそっと抱きしめた。

「ごめんなさい。本当はあなたにこんなことさせたくなんてない……」

「うん、わかってるよ」

「サキ」

パパも私のことを心配そうに見つめ、やがていつもの優しい顔になった。

「気をつけて行ってきなさい。決して無理はせず、無事に帰ってくるんだよ」

パパは私の頭を優しく撫でてくれた。

「うん。行ってきます」

そうだ、こういう時のために私は魔法を覚えて、武術を学んで、技を磨いてきたんだから。

クマノさんのように、もう大切な誰かを失うわけにはいかない。

私はママの胸の中で、決意を固めたのだった。


その後、私は王都外の北側に来ていた。傍らにいるのはネルだけだ。

あれから王様の指示通り、市民と怪我人は避難し、動ける冒険者、貴族、騎士など、全員が王都を守るために動いている。

もちろん、フランやアニエちゃん、アネットも避難をしている。

東側はアルベルト家とブルーム家が、西側はクロード家とカルバート家が、北側と南側は私と王様がそれぞれ対処することになった。ダメだった場合に備えて、後ろには騎士さんたちが控えている。

その騎士さんたちが魔物の足止めをしつつ別の方向の貴族家へ伝達を行い、カバーに入れるような作戦になっているのだ。

それにしても、大丈夫かなぁ。

騎士さんたちに私が王様と同等の実力だと思われちゃうってことだよね？

この戦いが終わったら、またパパに口止めをお願いしなくちゃ。アネットにも怒られそうだ。

フラン、アニエちゃん、ミシャちゃん、オージェはともかく、クラスのみんなとか先生は私のことを今までと変わらずに見てくれるかな。

そんなことを考えていると、遠くの森の中で魔石の光が見えた。リベリオンが魔物を召還したみたいだ。

ごちゃごちゃ考えるのは後にしよう。

私は自分の両頬を軽くパンッと叩き、気を引き締める。

「ネル、サポートお願いね」

『お任せください』

「よし……それじゃあ、行くよっ！」

足に魔力を込めて走る。

せめてものお願いとして、私の戦っている姿を見ないでほしいと伝えてあるから騎士さんたちは基本的に王都から出ない。

これで遠慮なく魔法が使えるね。

「二重付与(ダブルエンチャント)・【大光刃(だいこうじん)】！」

私は二メートルくらいの光属性(ライト)の刀――光刃を両手に作り出した。

魔物の大群と正面から戦ったら、一人では全てを倒し切ることはできないだろう。

「三重付与(トリルエンチャント)・【分身体(ぶんしんたい)】作成！」

私は闇魔法で影人形を作り、そこに飛脚と、光刃を付与する。

それを合計五体作成した。

今の私は薬の効果で魔力が尽きないとしても、魔物を倒せるレベルの分身体は、五体を作るのがやっとなのだ。

「ネル流魔剣術スキル・【二刀・乱】！」

私は分身体と共に次々と魔物を切っていく。

ネルの予想通り魔物は犬やリス、大きくても猪程度のもので、クラーケンのように大きく再生能力のあるものはいない。

それに、あまり気迫を感じない。

『サキ様、鳥型のものが飛んできます』

ネルに言われて上を見ると、鳥が五羽飛んでくるのが見えた。

「第四エレクト！」

私が一羽に雷魔法を打ち込むと、他の鳥が感電して全て落ちる。

空から王都に入られるわけにはいかない。

だから、無視されないようにあえて派手な魔法を使ったのだ。

まとめて私を無視して王都に向かわれるのが一番困る。

そんなアピールが上手くいったのか、魔物は私と私の分身体に狙いを定めたようだった。

「上手くいったみたい」

『やれやれ、魔物の操作主も単純なようですね。もし上手くいかなかった場合のプランを五つほど用意していましたが』

「まぁ『備えあれば』ってやつだよ。さ、早くやっつけちゃお」

『かしこまりました』

私は向かってくる魔物たちに再び光刃を振るった。

9　最後の一踏ん張り

「はぁはぁ……ネル！　今何体⁉」

『七十体目です。現在分身体が二体倒されました』

「くっ……このぉ！」

私は光刃を猪型の魔物へ振り下ろす。

途中まではいいペースで魔物を倒すことができていた。

私に的を絞らせて、王都へ行かせないようにする作戦は上手くいっている。

しかし、順調だったペースは徐々に落ちていった。魔力は尽きなくても体力は減る。

段々疲れてきているのが自分でもわかる。

そもそもロンズデールとの戦いの時点で体力は限界に近かったのだ。

今は体力を魔力で補って動かしているようなものだった。

しかも、問題はそれだけではない。

『サキ様！　背後に二体います！』

「……っ！」

私は慌てて自分の後ろにバリアを張る。

バリアが展開された瞬間、背後で大きな爆発が起きた。

とっさのことで、バリアのイメージが中途半端だっ!?　壊れる！

「きゃあっ！」

後ろで起きた爆発にバリアごと飛ばされる。

そう、この爆発攻撃が厄介なのだ。実際、爆発攻撃が始まってから状況は悪化する一方。

『続けて前方より三体です！』

「く……第五アクア(クイル)！【氷結(ひょうけつ)】！」

私は地面に水を広げ、対象が水に触れたところを一瞬で凍らせる。

氷の中には赤い毛並みの鼠が捕らえられていた。

この赤い鼠――フレアマウスはネルが言うには命の危機に陥ると仲間を守るために自爆する魔物らしい。

その特性を使って、やつらは私にフレアマウスを向かわせて自爆させているのだ。

しかもこの爆発、自分の命を代償として放っているから威力が強すぎる。

命を捨てることを前提に特攻させられているなんて酷い……酷いよ。

あの魔物たちだって、クマミみたいに意識があるはずなのに。

でも、そんなことを考えている余裕もない。

さっきまで真っ暗だった空も、段々と色が変わってきている。

薬の効果もギリギリだ。

こうなったら――

「ネル！　相手の魔術師の位置を把握して！　そこに直接大きい魔法を撃ち込む！」

『かしこまりました』

ネルが敵の位置を把握するまで、なんとか繋がなきゃ！

あと少し、最後の一踏ん張りだから……もう少し薬の効果が続いて！

私は祈りながら光刃を振るう。やがて、ネルの思念伝達が頭に届いた。

『サキ様！　ここから四時の方向、五百メートル先です！』

ネルに言われた方を向くと、わずかに魔石の光が見えた。

私は足に魔力を込めて大きく跳躍する。

そして魔力を圧縮して一気に地面に広く流れるようなイメージを固めていく。

この魔法だけは他の人に絶対負けない自信がある。だって、実際に私自身が体験しているんだから！

「第八(オクル)エレクト！　【神様の失敗(フェイタルライトニング)】！」

私は高濃度に圧縮した雷の槍を両手に作り、自分の真下と魔石の光が見える方へ投げた。

すると槍が地面に刺さった瞬間、激しい雷鳴と共に地面に雷が流れ、魔物を次々焦がしていった。

私は、遠くに投げた槍の方からも激しい音と光がするのを見届けながら降下する。

下を向くとたくさんいたはずの魔物たちは消えていた。

私は着地の衝撃を和らげるため手を下に向ける。

「第三アクア（トリル）」

クッション代わりに作り出した水の玉にぽよんと弾かれて、私は地面に着地した。

上手く着地まで決めたところで、私は気付く。体が動かしにくい。筋肉が強張ってるのがわかる。

薬の効果が切れかかっているようだ。

「終わった？」

『周囲に敵の影はございません』

「よかったぁ」

私は安心して地面に背中から寝転んだ。

『お疲れ様でした』

ネルは私の顔の近くで頭を下げる。

「なんとかなったよ……他のところは大丈夫だよね？」

『戦闘音と魔力探知により得た情報から、まもなく終わるものと推測できます』

「そうなんだ。とりあえず、騎士さんたちに伝えに行かないと」

私はゆっくりと起き上がって、のそのそと王都に向けて歩き出した。

これで明日からまたみんなと一緒に……。

『——!? サキ様っ！』

「えっ？」

横を歩いていたネルが突然飛び上がって私を押す。

ふらふらの私は押されるまま右に倒れた。

倒れながら見えたのは、フレアマウスに左前脚を噛まれながら、私にバリアを張るネルの姿。

そして地面に手をつくと同時に、けたたましい音と共に私を覆うバリアの外は爆炎に包まれた。

「ネルー！」

私が叫ぶと、ネルのバリアが消えた。

私は重たい体を慌てて動かし、ネルの側に駆け寄る。

「ネル、ネル！」

いつもの白いふわふわしたネルの毛並みが、今は血と爆発のせいで赤黒く染まっていて、その姿に私の血の気が引いていく。

「ネルっ！ 返事して！ 嫌よ！ こんなお別れなんて！」

私が懸命に呼ぶと、ネルがうっすらと目を開けた。

『サキ様。お気をつけ……ください、やつらはフレアマウスを……空間転移させています。早く王都に……』

思念伝達も今は電波の悪いラジオのように雑音が混ざっていて聞こえにくい。

『私のことは置いて……早く』

「何言ってるのよっ！　そんなのできるわけないじゃない！」

私はネルを抱き、王都に向かって走ろうとした。

しかし、体が思うように動かない。

さらには私の右側にフレアマウスが急に現れた。

バリアを……っ!?

「魔力が出ない!?　まさか、薬の効果が切れた!?」

そんな私のことなどお構いなしに、フレアマウスは目の前で自爆した。

私は爆風で吹っ飛ばされる。

「ね……る……」

魔力のない私は所詮はただの八歳の女の子でしかない。

爆発一回ですら致命傷なのだ。

「ネル、ごめん……ね。わた……しのせいでこんな、死に方……」

いつも私の無茶振りやわがままを聞いてくれていたネルが、見るのも辛い姿で私の腕の中にいる。

私のせいで、ネルが死んじゃう。

死を目前にした私の頭の中では、この世界に来てからのネルとの思い出がグルグルと回っていた。

クマノさんが死んじゃった時のように胸が苦しい……叫びたくなるほど悲しい……。

でも、体は石のように重く硬く、動く気配がない。私の両目からは静かに涙だけが流れている。

これはナーティ様の加護を得て、なんでもできるって思い上がってた罰なのかな。

あぁ辛いなぁ、死ぬっていうのはこんなにも怖くて、寒くて、悲しいものなんだ。前世ではよく死にたいなんて思っていたけど、馬鹿だなぁ……私。

こんな状態になって改めて私は死ぬことの恐怖を知った。

その時、倒れている私に誰かが近づいてきた。

「おい！　いたぞ！」

黒いローブを着た人が二人いるのがぼんやりと見える。

「こんなガキ一人に俺たちの部隊の大多数がやられたってのか⁉」

どうやら、リベリオンが私にとどめを刺しに来たみたい。

「待てよ……銀髪に八歳前後の女、ミシュリーヌ様の報告にあったアルベルト家の養子じゃないか？」

「まさか、あれほどまでの魔力とは。だが、フレアマウスの連続自爆には耐えられなかったみたいだな」

やっぱり、フレアマウスの自爆を利用していた。ネルの言う通りだった。

ネル、ネル……悔しい、悔しいよぉ。

目の前に私たちを襲った相手がいるのに、何もできずに寝ているだけの自分が腹立たしい。

でもこの体はまったく動いてくれないし、痛み以外を感じない。ただただ泣くことしかできない。

「さっさとやっちまって、他の援護に行くぞ。部隊が壊滅させられたとは言え、これほどの魔法を使える戦力を削ったんだ。そうそう罰せられねぇさ」

「そうだな。召還(サモン)」

よくは見えないけど、たぶんフレアマウスを一体召還したんだろう。

あぁパパと約束したのになぁ。ママとアネットに怒られちゃうなぁ。フランやアニエちゃんは私が死んだら泣いてくれるかな。ミシャちゃんはきっと大泣きしちゃうなぁ。オージェも意外と泣きわめいちゃうかも。

「じゃあな」

黒ローブは私にフレアマウスをヒョイッと投げた。

みんな、ごめんね……。

「第四(クアル)ユニク・【イレイス】！」

その時、聞き覚えのある声がしたかと思ったら、私は誰かに抱きかかえられていた。

「サキ、ごめん……もっと早く気が付けばこんなことにはならなかったのに」

「レオン、先輩……？」

なんでこんなところに……それに、なんでそんなに悲しい顔をしてるの？

視界がぼやけてはっきりとは見えないけど、レオン先輩は今まで見たことのない、泣き出しそうな顔をしてる。

私はネルを抱っこしていない方の手を伸ばしてレオン先輩の頬に触れた。

「レオン先輩……なんで、悲しい顔してるの？　どこか痛い……？」

私の声を聞いたレオン先輩の目から私にポタポタと涙が落ちた。

あぁ、やっぱりどこか調子が悪いんだ……。

「ごめん、ね……今、私に魔力がない……から……魔力が戻ったら……治療する……から」

それだけ伝えると、とうとう私は体力が尽きて気を失ってしまった。

◆

僕――レオンの頬に触れていたサキの手が、手折られた花のようにするりと落ちた。

この子は自分がこんな目にあってるのに他人のことを考えているんだ。

本当にこの子は……。

「誰だ!?」

「おい、こいつ確か……クロード家のレオンじゃ」

「……お前らか、サキをこんな目にあわせたのは」

自然とサキを抱く手の力が強くなる。

僕たちクロード家の手が空いたところでお母様が言ったのだ。

東西で四公爵家とそれに連なる貴族家が対処するのなら、北南はどうしているのかと。

南には王様が北の方はサキが向かったと聞いて、僕はいてもたってもいられなくなった。

サキはすごい魔力を持ってるし、魔法の実力も十分にある。でも、サキは危険を顧みることなくすぐ無茶をしてしまうんだ。

そう思った瞬間、お母様の制止する声を振り切り僕は駆け出していた。

そうして北側に来てみれば、いつもはふわりと花が咲いたように可憐なサキがまるでボロ布のような酷い姿にされていた。

可愛くて、静かで、賢くて、強くて、優しい……そんなサキが、こんな犯罪者どもに。

僕の内側からふつふつと、今まで感じたことがない感情が湧き立ってくる。

今なら周りに誰もいない。故に何をしても構わないはずだ。今は一刻も早くこの二人を処分して、サキを王都に連れて帰らなければ。

僕は黒ローブの二人を睨んだ。

「貴様らは僕の大切な人を傷つけた。その命で償ってもらうぞ」

「何が償いだ。カッコつけやがって！　公爵家と言ってもまだガキだ！　やっちまえ！　第四(クアル)フレア！」

「第四(クアル)エレクト！」

黒ローブの二人が僕に向かって魔法を放った。

「第六(セクル)ユニク・【無効(バニッシュ)】」

僕はそれを当たる前に消滅させ、近くにあった岩の後ろにサキをなるべくゆっくりと下ろす。

「少しだけ待っていてくれ。すぐに終わらせるからね」

僕は眠っているサキの頬を撫でてから、黒ローブの方を向く。

そして剣を抜き、黒ローブ二人に向かって駆け出した。

二人も剣を抜き、打ち合いになる。

しかし二対一でも気持ちに焦りはない。

「へへ、情報通りだぜ。クロード家の次男は魔法の才能があるだけで、接近戦には向いていないってな！」

なんだ、僕はそんな風に思われているのか。それはいいことを聞いたよ。

「ふふふ……」

「何がおかしい⁉」

「いや、リベリオンの情報網もあてにならないんだなと思ってね」

僕は抜剣術を繰り出すべく剣を鞘に収めながら、黒ローブを煽る。

「なんだと⁉　ふはっ、この状況でそんな大口叩けるたぁ、さすが公爵家のお坊ちゃんだなぁ！」

「今すぐてめぇの減らず口を閉じて……」

「【瞬(またたき)】」

僕は剣を引き抜きながら高速で移動し、その勢いを利用してしゃべっている黒ローブの首を斬り飛ばした。

ゴロンと転がる首を見ながら、剣についた血をブンッと払って再び鞘に収め、告げる。

「減らず口を閉じるのはそっちだ」

「な、何が……起きた」

急に目の前で仲間が斬られたことに動揺したのか、残った黒ローブの手は震えている。

「あぁ、速すぎて見えなかったかい？　ごめんごめん」

「て、てめぇ!?　何をしやがったぁ！」

「クロード家は元来、一技必殺（いちぎひっさつ）と謳（うた）われたこの抜剣術での暗殺を生業としていた。初代王がこの剣術はクロード家の一族のみに伝えるようにと命じたそうだ。僕はこれ以外の剣術がまるでダメでね。人がたくさんいるところで使うことはできないから、接近戦が苦手だと言われているんだろうね」

僕がそう言って一歩近づくと、黒ローブは大きく距離をとり叫ぶ。

「し、知ったことじゃねぇ！　第四（クアル）フレア！」

近づかせなければいいと判断したのか、魔法で僕を攻撃してくる。

しかしその攻撃はあまりにも単調だ。サキが本調子ならこんな敵に後（おく）れを取ることはなかっただろうに。

黒ローブは恐怖からか僕に何度も何度も魔法を撃ち込んでくるが、冷静さを欠いた魔法攻撃なんて特殊魔法で消す必要すらない。

「第五（クイル）ユニク・【高速（クイック）】」

僕は隙をついて高速で黒ローブの後ろに回り、剣を構える。

「もういい。早くその汚い口を閉じろ。【落雷（らくらい）】」

剣を相手の肩口から高速で振り下ろし、黒ローブを真っ二つにした。

黒ローブは声を上げる間もなく倒れるが、僕はそれを見届けることなく剣を収めてサキのもとへ戻った。

「終わったよ、サキ。すぐに治療師のところへ行くから、もう少し我慢してくれ」

僕はサキを再び腕に抱いて、急いで王都へ向かった。

10 薬の副作用

私——ネルが目を覚ますと、王都の外ではなくいつもの柔らかなクッションの上にいた。

ナーティ様によって生み出されたとはいえ、私の体は仔猫同然。

さすがにフレアマウスの自爆に耐えられるわけもなく、気絶してしまっていたのですね。

そうだ！　サキ様！　サキ様は……！

顔を上げて周りを見渡すと、包帯をたくさん巻かれたサキ様がすぐ後ろのベッドで横になっていました。

よかった、無事なようですね。幸い魔力回復薬の副作用も、まだ出てないようです。

はぁ、それにしても、体のあちこちが痛みます。サキ様もまだ目を覚まさないでしょうし、少しだけお時間をいただきましょう。

私は目を閉じて、自分の体に集中する。

……左前脚が重傷。その他に骨折と複数の火傷、裂傷あり。肉体損傷により、サキ様のサポートに支障をきたすと判断。

ナーティ様の命により、自己修復を行います。

神域にアクセス、ナーティ様より魔力供給、完了。

第九ヒール【神の息吹】。

自分で自分に治癒魔法をかけて傷を治し、前脚や尻尾を動かしてみて、動きに支障がないかを確認する。

ちなみに、ナーティ様からは極力サキ様に自由に行動をさせつつ、困ったことがあればサポートするようにとの命を受けています。

私が直接怪我を治したり、相手を倒したりということはしてはいけないと。

これまではそれで問題なかったのですが、今回ばかりは危なかったです。サキ様の身の安全を第一にもっと思慮深く行動するべきでした。

反省していると、部屋の扉が開きます。

「失礼するよ……ネル？　起きたのか」

部屋に入ってきたのはフレル様とキャロル様です。

フレル様はベッド横の椅子に座り、キャロル様は花瓶の古い花を新しいものに変えました。

黄色と橙色のガーベラが質素な白い部屋に彩りを与えます。とても素晴らしいチョイスだと思います。

「ネル、今回は本当にすまなかった。僕たち公爵家並びに貴族の力不足のせいだ」

フレル様は重々しい雰囲気で私に謝りました。

『今回は、サキ様の状態を考えなかった私の責任でもあります。あまり気に病まないでください』

「まさか猫に慰められる日が来るなんてね」

そう言ってフレル様は私に笑みを向けるが、その笑みはやはり少しぎこちなく見えます。

私はフレル様に尋ねます。

『あれからどうなったのか、ご説明いただいてもよろしいでしょうか？』

「あぁ、そうだな。まず、今回の侵攻による被害はほぼなかった。特に北側と南側、王様とサキの功績が素晴らしかった。しかし、相手の戦力はネルの予想通り、召還された魔物だった。つまりリベリオンに大きな被害はないだろう。これから相手の召還魔物に対する対策も立てられることになったよ。もしかしたら僕たちも従魔を戦闘に組み込まねばならないのかもしれない」

まぁ、今後同じことが起こらないとも限りませんし、そのような考えにもなるでしょう。

「ちなみに、君は二日ほど眠っていたんだよ。サキはまだ目が覚めていないけどね。クロード家のレオンがサキと君を王都まで連れてきてくれたんだ」

あの後、誰かが助けに来てくれたのはわかっていましたが、レオン様でしたか。

あの方であればリベリオンの下っ端如きに後れを取ることはないでしょうね。

「サキは気を失っていても君を離そうとしないから大変だったよ」

「ネル、サキちゃんは大丈夫なのかしら」

キャロル様は心配そうな表情で私に尋ねました。

『おそらくですが、サキ様が今眠っておられるのは、リベリオンの基地で飲んだ薬の副作用と思われます』

「薬の副作用？」

『はい。サキ様の飲まれた薬は魔力回復薬ではあるのですが、未完成なのです』

「未完成？　あれだけの効果があるのにかい？」

フレル様が疑問の声を上げました。

魔力回復薬の副作用を説明するにはまず、薬の仕組みについて説明した方がよさそうですね。

『まず、魔法薬と呼ばれるものはどのように作られるかご存じでしょうか？』

「詳しくは知らないが……薬草など、体によい効果を与えるものを用いて作ると聞いている」

まぁ、実際に作ったことはないのでしょうから、知識としてはそんなところでしょう。

『魔法薬は主に三種類の製造方法が存在します。一つ目はフレル様が言われた通り、魔法的効果のあるものを用いて製造する方法。二つ目は水など、なんの性質も宿していないものに魔法をかけて回復効果などを物体に宿らせる方法。三つ目はそのどちらも用いる方法です』

「そうだったのか。知らなかったな」

フレル様とキャロル様は感心したように聞いています。

私は説明を続けました。

『今回サキ様が飲んだ魔力回復薬は、正確には魔力回復薬ではありません。あれは一定時間、魔力を前借りする薬なのです』

「魔力を前借り？　どういうことだ？」

『そもそも、魔力回復薬というものは本当に製造が可能だと思われますか？』

　私の質問に対してフレル様が少し考えてから答える。

「いや、どんな原理を用いればいいのか想像すらつかない。だから、サキが使った時はとても驚いたよ」

『そうですね。サキ様が森にいた時の好奇心は凄まじいものでした。ですから、魔力回復薬を作るためにありとあらゆる方法を考えました。そして思いついたのが、特殊魔法を用いて魔力を前借りするというものです』

　私の言葉を聞き、フレル様は首を傾げます。

「その前借りというのがよくわからないな」

『フレル様やキャロル様ならわかると思いますが、魔法を使えば魔力が減る、減った魔力は時間が経てば回復する。それが通常の流れです。この魔力回復薬は、その流れの中の『魔力が減った自分』に特殊魔法で『魔力が回復した自分』の魔力を貸与する、という働きをする薬なのです』

「そんなことが可能なのか？　だとしたら、薬の効果が切れたらどうなる？　未来の魔力を前借りしているということは、回復する魔力がないということだろう？」

『その通りです。それが副作用の第一段階、魔力枯渇です。その状態は精神に多くの負担をかけるのです』

今度はフレル様が聞き返してきます。

「精神？」

『はい。魔力というのは、精神が生み出す力です。その力を、心臓を媒介し、体に流すことによって循環しています。魔力を生み出すのに必要な精神の力を前借りしているわけですから、前借りした時間分は精神が休息状態に入る――つまり気絶したような状態になってしまうのです。今回、使用した魔法量を考えますと五日くらいは目を覚まさない計算です』

「五日!?　サキは五日間も目を覚まさないのか？」

驚きの表情を浮かべたフレル様に、私は告げます。

『普通に考えればそうなります。しかし、サキ様のアイデアによりこのリスクを軽減することができたのです』

「それはどんなアイデアなんだい？」

『はい。それが副作用の第二段階です。サキ様の精神はいわば、眠りについている状態です。薬の効果が切れて、睡眠に入った時、一時的にサキ様の精神は肉体から離れたところへ移されます』

「肉体から離れる？　それじゃあ結局起きることはないんじゃないかい？」

『はい、そこでサキ様が考えたのが多重人格化です。サキ様は薬に特殊魔法だけではなく闇魔法を用いて、本体の精神が落ち着くまでは代わりの精神を体に入れて、動けるようにしたのです。そして、精神が回復した時に、代わりの精神と入れ替わる術式もあの薬に組み込んでいます』

「な、なんというか、本当にサキの発想は規格外だね……そんな原理、普通は思いつかない」

まったくです。前世の知識であった『くらうど』なるものを参考にしたと言っていましたが。

『代わりになる精神はサキ様が作ったものですが、その精神は薬を作った三年前に同時に生まれたためとても幼く、代わりの精神に合わせるために特殊魔法によりサキ様の体も幼く若い状態に戻ります』

「なるほど。では、今その効果が出ていないのは」

『それほど、今回のダメージが大きかったということです。しかし、私の見立てでは二日眠っていたのならそろそろ……』

私がそう言うと、サキ様の体が光り出した。

◆

「こ、この光は？」

僕――フレルは急にサキの体が光り出してうろたえる。

『副作用の第二段階に移るための特殊魔法を体に施しているのです』

ネルの説明を受けて、しばらく見守っていると、光が収まっていく。

完全に光が収まった後、眠っていたサキの体は小さくなっていた。いや、幼くなったが正しいだろうか？　見たところ三歳くらいに見える。

「ん……」

サキの目がうっすらと開いて、起き上がる。

「お兄さんとお姉さん、誰？」

「え？」

サキに急にお兄さんと呼ばれてなんだか少し嬉しい……いやいやそうじゃない。僕らに対して『誰？』とはどういうことだろう？

説明を求めるようにネルを見る。

『先ほど説明した通り、現在はサキ様の精神とは別の、幼い精神が体にいるのです。サキ様がこの薬を考案した時から三年ほどしか経っていないので、現在のサキ様は精神、肉体共に三歳程度になっています』

「今はもとのサキの記憶がない別の精神が体にいるから、僕たちのことは覚えていないっていうことか」

『その通りです。もとの精神が戻れば記憶ももとに戻りますのでご安心ください』

「そうか」

いずれもとに戻るのなら安心だ。

「ねぇ、お兄さん誰と話してるの？　この猫さん？」

不思議そうに僕とネルを見るサキ。あのサキがこんな風に話してるのは新鮮だ。

「あぁ、ごめんね。僕は君の父親のフレル。こっちが母親のキャロルだよ」

「パパと……ママ？」

「あぁ、そうだよ」

僕の言葉にサキは少し下を向いてから、ゆっくりこちらを向く。

「パパ、ママ……ごめんなさい。私、何も覚えていないの。パパのこともママのことも……私のこともわかんない」

そう言ってサキはポロポロと泣き出した。

この子は幼いのに親の僕たちを覚えていないことに罪悪感を抱いているのか。

本当に優しい子だ。

そんなサキをキャロルが抱きしめる。

「大丈夫。きっと思い出すわ。だから安心して」

「ほんとに？　私のこと嫌いにならない？」

「あぁ、僕もキャロルも君のことが大好きだよ」

僕がそう言うとサキは満面の笑みを浮かべた。

「……よかったぁ」

か、可愛い……。

普段の静かな雰囲気とは違う、この純真無垢な笑顔を向けられれば、世の親はみんな悶え死んでしまうだろう。

「サキちゃん。可愛いわぁ！」

キャロルはサキの顔を見てさらにぎゅーっと力を込めて抱きしめる。

「ママ……くるし……」

「あぁ！　ごめんなさい」

サキに言われてキャロルが放すと、次はサキがキャロルをぎゅーっと抱きしめる。

「ママにぎゅーのおかえし！」

サキはキャロルに抱きつき返しながら、さっき僕に向けたエンジェルスマイルを向けた。

「か、かか……可愛すぎるわ」

そう言ってキャロルはベッドに倒れた。

さっそく犠牲者が出たか。

キャロルはこのままサキとしばらくサキの部屋にいた。

というよりも、サキの可愛さに倒れてしまったキャロルがサキと一緒のベッドで寝ていただけなのだけど。

ネルの話では後三日はこのままのようだ。

回復するまで、サキを大切に守ってあげなくてはと思う。

いや、もとに戻ってもサキは僕たちの娘として守らなくてはいけないのだと、僕は認識を改めた。

11　あの時の謝罪

王都エルトがリベリオンの襲撃を受けてから三日が経過した。

サキや王様、貴族家の人たちの頑張りにより、王都にはほとんど被害がなかったそうだ。

私――アニエスも幽閉されてはいたものの、大きな怪我はなかった。

そして今回の件に加担してしまったパパとママは……なんとこのまま公爵家として務め続けることになったみたい。

一部の貴族からは反対の声も上がったそうだけど、敵に操られていたために本人には悪気がなかったこと、それを自力で打ち破ったこと、襲撃防衛の功績などを考慮して、王様がこのまま務めるようにと言ったそうだ。

こうして事件は一件落着。念のため、二日間設けられていた学園の休日が明けて、今日から通常授業だ。でもいつも通りの日常とはいかなかった。

サキが休んでいることが、とても気がかりだった。

フランの話では大丈夫みたいだけど……心配だ。

それに、フランに伝えなきゃいけないこともあるのだ。

あぁー！　色々ありすぎて、頭が痛いわ！

とりあえず、一つずつよ！

今日の授業が終わると、私は帰る前にフランを校舎裏に呼び出した。

「アニエ、どうかしたかい？」

いつも通りの飄々（ひょうひょう）とした態度でフランは校舎裏にやってきた。

私は素直にお礼を言う。

「この前は助けてくれて……ありがと」

「あぁ、なんだ。そんなことか。いいんだよ、仲間なんだから。君だって僕やサキ、オージェやミシャが捕まったら助けに行くだろう？」

「それはそうだけど。それと、ごめんなさい」

私は頭を下げた。

前にフランに言われたことを、捕まってる間もずっと考えてた。

「なんの苦労もなく育てられたなんて酷いこと言っちゃって……何様よって感じよね。フランにはフランの苦労があるのに。それに、あのままだと今の生活に甘えて私はきっとダメになってたと思う。それを注意してくれたのに……色々とごめんなさい」

「アニエ……いいんだよ。僕の方こそごめん。今回君の代わりに作戦の指揮を執ってみて、リーダーがどれだけ大変なのかがよくわかったよ。それに、たまには気を抜いたって構わないさ。走りっぱなしは疲れるって、前にサキが言っていたんだ。その時には僕らがフォローすればいいんだしさ」

顔を上げるとフランは笑顔でこちらを見ていた。

「お互い、まだまだだね」

「……そうね」

私もフランにつられて笑顔になる。

フランは優等生だから、できない人の気持ちがわからないのだと思っていた。

でも、今回初めてしっかりぶつかって、私たちの気持ちを理解しようとしているんだなとわかった。

「それじゃあ、そろそろ行こうか。今日は特訓もないしね」

フランの言葉に、私は頷いて答える。

「そうね。そういえば、サキは本当に大丈夫なの？」

「あ、あぁ……もちろん。もう元気に走り回ってるさ」

「はぁ？　それならなんで今日、学園に来なかったのよ」

「そ、それは……」

フランは笑顔の中に、困ったような色を覗かせる。

何よ、サキに何かあるわけ？

「おにぃちゃ～ん！」

すると遠くから可愛らしい声と共に、小さな女の子が走ってきた。

その女の子の後ろを追いかけ、アネットちゃんも走ってくる。

あの女の子……なんか見覚えが。

「おにぃちゃん見つけたー！」

その女の子がフランに抱きついて笑顔を向ける。

フランが慌てたように言う。

「サ、サキ……どうして学園に？」

え……？　えぇ!?　サキ!?　この女の子が!?

「お屋敷でお馬さんのところにいたらねぇ、馬車のおじさんに一緒に迎えに行く？　って言われたからぁ？」

それを聞いて、フランは察したようにため息をつく。

「はぁ、アネット。ちゃんと見ていないとダメじゃないか」

「そ、それは……はぁ、そうなんですが、はぁはぁ……馬車の扉を開けた途端、急に走り出したものですから……しかも、すごく速いんですの」

アネットちゃん、すごい息切れ……。

「ふ、フラン？　その子は？」

「あぁ、実は……」

フランから、薬の副作用でサキが小さくなっていること、記憶のない別人格がその身に宿っていることを聞いた。

「というわけで、あと二日は学園を休むことになりそうなんだ」

「サキって、ほんとにめちゃくちゃだわ」

「それは僕も思ったよ」

私が苦笑いを浮かべると、フランに抱きついているサキが私の方をジッと見ていた。

「おねぇちゃん、だれ？」

「え？　あ、私の記憶も今はないのか……初めまして、サキちゃん。私はフランの友達のアニエス・ブルーム・オーレルよ」

私はサキの前にしゃがんで挨拶をする。

すると、サキはフランから離れてペコリと頭を下げた。

「サキ・アルベルト・アメミヤです。よろしくね、アニエスおねぇちゃん」

そう言って、サキは私に満面の笑みを向ける。

か、可愛い……それに、おねぇちゃん、おねぇちゃんかぁ……なんかいいわ！

「おにぃちゃん、早く帰ろ！　今日はクレールさんがクッキーを焼いてくれるんだって！」

そう言ってフランの手を引っ張るサキ。

「サキ、引っ張らないで……今行くから」

その時、私とサキの目が合う。

「アニエスおねぇちゃんも一緒にいこ？」

「え？　私も？」

サキが私の方へ来て、今度私の手を引っ張る。

「お菓子はみんなで食べた方が美味しいのっ！　ねぇ、おにぃちゃんいいでしょ～？」

「アニエならいつでも歓迎だよ」

「やったぁ！　ほら！　アニエスおねぇちゃん早く！」

「わ、わかったから引っ張らないで」

私は手を引かれるまま馬車へ向かった。

小さくて、あったかい手。

私はこの温もりを感じながら、サキがもとに戻ったら、サキにもちゃんとお礼を言わないとなと考えていた。

◆

リベリオンの襲撃の後眠りについて、やっと目が覚めた。

薬の効果で私――サキの体は一度、仮の精神に合わせて若返って、今はもとに……戻っているね。

でも、なんかいつもと寝ている部屋が違う気が……？

辺りに手を伸ばしてみると、柔らかい感触がある。

「んん、サキちゃぁん？　目が覚めたのぉ？」
マ、ママぁ⁉
え？　なんで私、ママの部屋で……って痛たたたっ⁉

体が痛い！　戦った時の怪我とか疲れも一気に襲ってきて、全身が痛い⁉

「第六ヒール……」

私は慌てて自分に治癒魔法をかけた。

はぁ、びっくりした。やっぱりあの薬、治癒効果も加えるべきだね。

そうだ、私はリベリオンとの戦いの途中でネルに助けられて……身代わりになったネルはどうなったの⁉

「ネルっ⁉　ネルはどこ⁉」

「サキちゃん？　あ、もとに戻ったのね」

「ママ、ネルは⁉」

「落ち着いて、大丈夫、ネルはあなたよりもずっと先に目が覚めていたわ。怪我も治って健康よ」

「そう……」

よかった……本当によかったよ……。

私は安心して涙ぐむ。そんな時、扉がバンッと勢いよく開いた。

「サキちゃーん！　今日も一緒に……あ、お姉さま！　もとに戻られたんですね！」

アネット、今私のことちゃん付けしてたよね⁉

自分の部屋じゃなくてママの部屋で寝てる状況……アネットのちゃん付け……。

「まさか……私の仮精神をみんなしてすごーく可愛がってた……とかじゃないよね？」

「え？　えぇっとぉ」

私がじとーっとママを睨みながら言うと、ママは少し慌てた様子で目を逸らした。

「あ、そうだわ！　サキちゃんがもとに戻ったら、すぐに王様のところに来るよう言われていたんだった。さ、早く準備をしましょうか！　クレール、サキちゃんが目を覚ましたわよ～」

誤魔化した⁉

もー！　こんなことになるならもう少し精神を成長させておくんだった！

私は頬を膨らませながら、クレールさんと一緒に自分の部屋へ戻った。

一応その時に、ネルからあの後の説明をしてもらった。

後でレオン先輩にお礼を言いに行かないと……。

そんなことを考えながら、準備を済ませて食堂へ向かうと、すでにパパとじぃじ、フランが席についていた。

「やぁ、サキ。無事、もとに戻れたようだね」

声をかけてきたパパに、私は謝罪の言葉を口にする。

「うん、迷惑かけてごめんなさい」

「迷惑なんてとんでもないよ。むしろ僕たちがお礼を言わなきゃいけないんだ。それに、小さなサキも新鮮だったしね。ところで今日は食事の後に王様のところに一緒に来てほしいんだ。学園を休むことになるけど、いいかな？」

「うん、大丈夫」

私がパパの話を聞きながら席についたところで、ママとアネットも食堂に到着。久々にみんなで朝食をいただいた。

朝食を終えて、私はパパとママに連れられて王城へ向かう。

王様のいる部屋に入ると、書類を見ていた王様が顔を上げて、よっと片手を挙げて挨拶してくれた。

相変わらず王様らしくない人だな。

「サキ、もう体は大丈夫か？」

「はい、大丈夫です」

「そうか。んじゃ、本題な。今回のお前の働き、結構すごいことなんだわ」

王様の話によると、私の今回の働きは平民に子爵程度の貴族位を与えてもおかしくないレベルのものらしい。

でも、私はアルベルト家の養子だし、正直貴族位なんてものに興味はない。

それは王様もわかってくれていたみたいで、だからこそ私がここに呼び出されたそうだ。

「そんで、今回の報酬決定権をお前に委（ゆだ）ねるって会議で決まってな。まぁ簡単に言うとご褒美だよ、ご褒美。なんでも好きなもん言ってみろ。ある程度のものなら用意してやる」

王様にそう言われて、パパとママの方を見ると、なんでも言ってごらんとアイコンタクトされた。

何が欲しいかわからないから、こうして呼び出したのか。

うーん、欲しいもの……現状の生活に何一つ不自由がないから返答に困る。

国の禁書庫の閲覧権……いや、ネルに頼めばなんでも読めるし。今は魔力回復薬の完成とか、魔術難問の研究とかの方が重要……あ、そうだ！

「それじゃあ研究所が欲しい」

私の発言にパパとママが驚くが、王様はほぉと興味ありげな声を出した。

「なんの研究所だ？」

「私の興味あること」

「具体的に」

「魔力回復薬の完成とか、魔術難問の研究とか……？」

すると、王様は声を上げて笑った。

「なるほどな、やっぱりお前は面白いな！　いいだろう！　王都の中にお前の研究所を一つ作ってやる」

「お、王様!?　いくらなんでもそれは」

「んだよ、フレル。使ってない土地くらいあんだろ？　そんな土地をそのまま置いとくより、こいつの研究とやらに使う方がよっぽど国益に繋がるってもんだろうが」

「いや、それ王様が見たいだけですよね？」

「何が悪い！　それに、もともと貴族位を与えるくらいの功績なんだ。土地くらい与えてやるのが筋ってもんだろ？」

「それはそうですが、その土地の貴族から反感を買いかねません」

「大丈夫だって。いざとなれば国王権限でいくらでもな」

職権濫用(しょっけんらんよう)!?　そんなに無理してまで欲しくはないんだけどなぁ。

「よし、サキ。褒美は決まった。なんか細かい希望はあるか？」

希望？　んー。

「魔法を使えるくらいの広さが欲しくて。それとアクアブルムの魔石研究所みたいな作りがいいです……」

「わかった。担当のやつに伝える。よーし、下がっていいぞー」

そう言って王様はひらひらと手を振り、私たちは部屋を出た。

「サキちゃん、急にあんなこと言って、もう」

「でもまぁ、王様も乗り気だったしね」

ママとパパが口々に言った。

「欲しいもの、他になかったから」

「本当にないの？」

ママにそう聞かれて、私はママとパパの前に立つ。

「私はパパとママ、フランにアネットにじぃじに、クレールさん、家族のみんながいてくれたらそれでいいのっ！」

二人に微笑んで答えた。

私は大切な家族や友達がいるこの国で平穏に暮らせれば、それで満足なのだ。

「もう！　サキちゃん可愛すぎ！」

「ふふ、それじゃあ帰ろうか。我が家に」

「うん！」

私はパパとママの間に入り、二人と手を繋いで、屋敷への帰路についた。

月が導く異世界道中 あずみ圭

薄幸系男子の成り上がりファンタジー、開幕!

なんでだろう 親の都合で異世界へ

読者賞受賞作!

異世界へと召喚された平凡な高校生、深澄真。彼は女神に「顔が不細工」と罵られ、問答無用で最果ての荒野に飛ばされてしまう。人の温もりを求めて彷徨う真だが、仲間になった美女達は、元竜と元蜘蛛!? とことん不運、されどチートな真の異世界珍道中が始まった!

2期までに
原作シリーズもチェック!

●各定価：1320円(10%税込)
●illustration：マツモトミツアキ

1~17巻好評発売中!!

漫画：木野コトラ
●各定価：748円(10%税込) ●B6判

コミックス1~9巻好評発売中!!

ハズレ属性土魔法のせいで辺境に追放されたので、
ガンガン領地開拓します！

異世界に転生したけど
トラブル体質なので心配です
小鳥遊渉
Takanashi Ayumu
魔物退治も、辺境開拓も、家のお手伝いも
ぜ〜んぶ サクサクできちゃう!
過労死した俺は異世界に転生し、アルフレッドという6才の少年として生きることに。前世が薄幸だった分、家族と穏やかに暮らしたい……と思っていたら魔法はチート級、剣技も大人顔負けと、なんだか穏やかじゃない!?　更にお手伝い感覚で村を整備したら、随分立派な感じになってしまった。その評判を聞きつけて王都の騎士団が調査に来るし、時を同じくしてゴブリンの軍勢に襲われるし……もしかして俺、トラブル体質?
●定価:1320円(10%税込)　ISBN 978-4-434-29398-6　●illustration:結城リカ
アルファポリス

えっ、能力なしでパーティ追放された俺が全属性魔法使い!?
e, nouryokunasi de party tsuihou sareta ore ga zenzokusei mahou tsukai!?
~最強のオールラウンダー目指して謙虚に頑張ります~
著 たかた ちひろ
Ill. たば
無能と言われ続けた俺が全属性魔法使いに覚醒!!!
賑やかな仲間達と楽しく謙虚に暮らします!!
覚醒から始まる、一発逆転&成り上がりファンタジー!
冒険者のタイラーは、誰でも発現するはずの魔法属性がないことを理由に、ダンジョンの最奥に置き去りにされてしまう。しかし、幼馴染・アリアナの窮地を前にして、全属性の魔法を使えるという秘められた力が覚醒! アリアナとともにダンジョンを脱出したタイラーは、妹の病を治す薬草が超上級ダンジョンにあるという情報を得る。すぐにアリアナとともにパーティを結成しなおすと、冒険者として新たな目標に向かって再出発するのだった——
●定価:1320円(10%税込)
●ISBN 978-4-434-29265-1
●Illustration:たば